源氏物語を反体制文学として読んでみる

三田誠広
Mita Masahiro

a pilot of wisdom

まえがき——『源氏物語』の謎

『源氏物語』という偉大な作品について考える時、ずっと気にかかっていたことがある。

この作品の主人公は天皇の皇子で、臣籍降下《しんせきこうか》して「源《みなもと》」という氏姓になった人物だ。この人物は多くの女性と付き合って、ラブロマンスのヒーローとして活躍するのだが、同時に政治の中枢にあって、大権力者として君臨する。

そこには謎がある、とわたしは考える。

紫式部がこの作品を書いたのは、摂関政治の全盛期だった。

幼少の天皇に代わって政務を代行する職務を「摂政《せっしょう》」、成人した天皇から全権委任を受けた職務を「関白《かんぱく》」と称し、併せて「摂関」と呼ぶ。また天皇から全権委任を受けることを、「内覧」と呼ぶことがある。

この「摂政」や「関白」は、摂関家と呼ばれた藤原北家《ほっけ》の嫡流が、代々世襲制で受け継いでいた。平安時代の中期においては、天皇や皇子などの皇族ではなく、藤原一族がこの国を支配していたのだ。その代々の摂関家の中でも、最高の栄華を誇ったのが、あの「望《もち》月《づき》の歌」で知られる藤原道長《みちなが》だった。

この世をば　わが世とぞ思ふ　望月の　欠けたることも　なしと思へば

満月のごとく欠けたところが少しもないという、大満足の意を堂々と歌い上げた藤原道長の権勢は、いささかも揺らぐところがなかった。

紫式部はその道長と同時代を生きていた。『紫式部日記』を読めば、紫式部は道長と面識があっただけでなく、かなり親しい関係にあったことが推察される。

藤原摂関家の全盛時代に、「源」という氏姓の元皇族が大権力者となる物語を書く。

それは一種の「反体制文学」と言ってもいいのではないか。

なぜ紫式部はそのような果敢な挑戦をしたのか。その謎を解くためには作者のモチベーションを探らなければならない。

もっと重要なことがある。文学作品が後世に伝えられるためには、読者の支持がなければならない。同時代の多くの読者の支持があったからこそ、紫式部は大長篇《だいちょうへん》を書き上げたのだし、筆写によって多くの人々に広まっていったのだ。

摂政も関白も登場しない、源氏が大活躍する物語。そういうコンセプトが、読者のニーズに合致していたからこそ、作品は大ブレイクすることになった。

読者のニーズと、作者のモチベーション。その双方を踏まえた上で、『源氏物語』という作品を読み解いていけば、反体制文学とも受け取れるこの作品の成立のプロセスが見えてくるだろう。

謎を解く鍵はほかにもある。

それは『源氏物語』というタイトルだ。このタイトルを作者がつけたのかどうかはわからないが、『紫式部日記』の中に「源氏の物語」という記述があるから、この名称が作者の周囲で用いられていたことは確かだ。

源という氏姓をたまわったのは、この物語の主人公だけではない。嵯峨《さが》天皇から村上天皇に到《いた》るまでの皇子たちのほとんどが、臣籍降下して源という氏姓を名乗ることになった。膨大な人数の源氏が存在したのだ。

皇族を先祖とする源氏一族は、高いプライドをもった人々であったはずだ。彼らは藤原摂関家の独裁政治を批判する抵抗勢力の中心だった。しかしながら、摂政関白の権威の前には、敗北を重ね屈辱にまみれることが多かった。傍流の藤原氏を始め、下級貴族の多くは、摂関家に対して怨念を抱き、没落していく源氏一族に同情を覚えたのではないだろうか。そうした源氏一族の屈辱の歴史をたどれば、読者のニーズというものが見えてくる。

もう一つ、確認しておかなければならないことがある。それは「摂政」「関白」というシステムそのものにある。

この役職は、律令《りつりょう》という法律と政令の体系には記されていない、いわゆる「令外《りょうげ》の官」だ。その権威の根拠は、儒教の道徳にある。

儒教には「五倫の徳」というものがある。

父子の親《しん》、君臣の義、夫婦の別、長幼の序、朋友《ほうゆう》の信。これが五倫の徳だ。

その最初にあるのが「父子の親」で、これに「長幼の序」が加わり、子は父を尊敬し、父の命には従わねばならぬとされる。

天皇も道徳には従わねばならない。多くの天皇は父の崩御によって即位する。だが父が不在だとしても、母が健在なら天皇は母の言いつけに従うことになる。ところがその母に父がいた場合は、母を通じて、天皇は母方の祖父の意向を尊重しなければならない。

これが「外戚《がいせき》」という権威を支える不文律のシステムで、この外戚（母方の祖父または伯父など）が天皇を支配し、独裁者になっていく制度こそ、「摂政」であり「関白」だった。

強い者が支配者になるといった単純な競争原理ではない。外戚として君臨するためには、天皇のもとに入内《じゅだい》させた娘が次の天皇となるべき男児を産まなければならない。出産という人間の生理が介在し、さらに生まれた子が男か女かという偶然性に頼らねばならないところに、摂関政治の難しさと危うさがある。

紫式部は、道長の長女で一条天皇の中宮となった彰子《あきらこ》に、女房として仕えていた。そして彰子は、後一条天皇、後朱雀《ごすざく》天皇という、二人の天皇を産み、父の道長が外戚として君臨する道を開いた。

このことからもわかるとおり、『源氏物語』の謎を解く鍵は、「外戚」というシステムそのものにあるのではないか。従って、「外戚」の起源と歴史をたどることが、謎の解明につながるはずだ。

およそそのようなプランを立てて、わたしは謎解きに挑むことにした。

この一冊の本を通じて、反体制文学としての『源氏物語』の魅力の源泉を解明したいと念じている。さらに、紫式部という類例のない作者の個性と、大権力者として君臨した藤原道長との微妙な関係が、新たな物語として読者に伝わればと願っている。

目次

第一章　紫式部と『源氏物語』

紫式部が生きた時代

最初に、紫式部と『源氏物語』について、簡単に述べておく。

紫式部は『小倉《おぐら》百人一首』に和歌が収められているし、中学や高校でも習うだろうから、その名を知らない人はいないだろう。『源氏物語』は古文で書かれているので一般の人が読みこなすのは難しい。しかし現代語訳は、さまざまなものが出版されている。

明治の終わりから大正にかけて出版された、歌人の与謝野晶子のものが、現代語訳の草分けと言っていいだろう。文豪谷崎潤一郎のものも有名だ。女性作家は『源氏物語』を読み込むことをライフワークと考えているようで、円地文子《えんちふみこ》、田辺聖子、瀬戸内寂聴らが手がけている。新しいところでは、角田光代の訳が出たばかりだ。男性作家でも、橋本治の

『窯変《ようへん》 源氏物語』、林望の『謹訳 源氏物語』などがある。

このように現代語訳はたくさんあるのだが、何しろ長大な作品なので、全体を通読するだけでもたいへんで、全部読んだという人は、意外に少ないのではないだろうか。

そこで、まだ『源氏物語』をちゃんと読んだことがないという人のために、とりあえず作品の概略を説明しておきたいと思うのだが、その前に、紫式部ってどんな人、ということを話しておこう。

平安時代の中ごろの人だ。生年も没年も正確なところはわかっていない。生年の最も有力な説は天延《てんえん》元年（九七三年）で、三〇歳を過ぎてから宮中に出仕したことはわかっているから、彼女がミレニアム（西暦一〇〇〇年）をまたいで生きたことは間違いない。

南北朝時代に成立したとされる『尊卑分脈《そんぴぶんみゃく》』という氏族の系図には、紫式部について「御堂《みどう》関白道長妾《みちながしょう》」という記述がある。

これは単なる風評や憶測とも考えられるので、史実として認めるわけにはいかないのだが、『紫式部日記』には宮中に女房として仕えていた紫式部が道長と会話をする場面が頻繁に描かれているから、二人が親しい間柄だったことは確かだ。

気になるのは、二人の年齢差だ。

藤原道長は康保《こうほう》三年（九六六年）の生まれで、左大臣源雅信《まさざね》の娘の倫子《ともこ》のもとに入り婿となったのが二二歳の時だった。

のちに詳しく述べることになるが、紫式部は少女のころから左大臣の土御門殿《つちみかどどの》に出入りしていた。そこに二人の出会いがある。

紫式部の生年については、天禄《てんろく》元年（九七〇年）から天元《てんげん》元年（九七八年）まで諸説あるのだが、先に述べた最有力の天延元年説をとると、道長より七歳下ということになる。

本名もわかっていない。「藤原香子」という名が候補として挙がっているのだが、その根拠となっているのは、寛弘《かんこう》四年（一〇〇七年）、道長の正室の四女嬉子《よしこ》が生まれた年に、藤原香子という女官《にょうかん》が掌侍《ないしのじょう》をつとめていたと記録に残っていることだ。掌侍は後宮《こうきゅう》を取り仕切る内侍司《ないしのつかさ》の三等官だが、上司にあたる尚侍《ないしのかみ》や典侍《ないしのすけ》は、中宮《ちゅうぐう》や女御《にょうご》に立てられない下級の妻妾《さいしょう》に仮の職務として与えられる場合もある。三等官の掌侍が実質的には後宮の雑用を管理する立場にあった可能性もある。

確かにその時期、紫式部は宮中の女房であった。翌年の寛弘五年には後一条天皇が生まれ、『紫式部日記』はそのあたりから記述が始まっている。

しかしながら、紫式部は道長の長女の彰子《あきらこ》に仕える私的な侍女であったとも考えられる。

その場合は正式な女官ではないので、公式の記録に名が記載されることはない。紫式部と藤原香子は、別人だということになる。

『紫式部日記』の記述を読むと、当時の紫式部が、彰子の周辺を取り仕切る立場にあったことが見てとれる。すでに彰子のライバルの定子《さだこ》(道長の長兄道隆《みちたか》の娘)は亡くなっているので、彰子の周辺は後宮そのものだった。だとすれば、紫式部が正式の女官に取り立てられていたことも充分に考えられる。

この「香子」という女官が紫式部なのだとしても、名前の読み方がわからない。当時の女性の名前はほとんどが訓読みだから、「かおりこ」「かおるこ」「たかこ」「よしこ」のどれかだろう。

国文学者は女性の名前を音読みすることが通例になっている。紫式部が仕えた「彰子」は「しょうし」、道長の正室の「倫子」は「りんし」、道長の姉の「詮子」は「せんし」と呼ばれる。これは便宜的な呼び方で、読み方の特定は困難なことが多い。

当時の文官の日記の中には、人から聞いた女性の名が記されていることがある。耳で聞いただけでは漢字がわからない。だから万葉仮名のように適当な漢字をあてたものが記されている。そういう資料とつきあわせれば、女性の名の読み方がわかることがある。

平安時代の最初の摂政とされる藤原良房《よしふさ》は、娘を文徳《もんとく》天皇のもとに入内させて清和《せいわ》天皇を産ませた。天皇の母方の祖父という立場で摂政となり、それが摂関政治の出発点となったのだが、その娘の名は「明子」と書いて「あきらけいこ」と読むことが判明している。

本書でも、なるべく訓読みで語っていきたい。倫子も「ともこ」なのか「みちこ」なのか、よくわかっていない。とりあえず香子は「かおりこ」、倫子は「ともこ」ということにしておく。これ以後も、女性の名前につけた振り仮名は、筆者の独断だと考えていただきたい。

では「紫式部」という通称はどのようにして生じたのだろうか。

宮中や公卿《くぎょう》の邸宅に出仕した女房は、個人名ではなく、父や夫の官職の一部をとった通称で呼ばれていた。

紫式部の父の藤原為時《ためとき》は儒学者だが、花山《かざん》天皇の側近として式部丞《しきぶのじょう》(式部省の三等官で六位相当)をつとめたことがあった。そこから「式部」と呼ばれたという説が一般的だが、紫式部が宮中に出仕した時期を考えると、いささかの疑問が生じる。

紫式部が宮中に出仕した時には、すでに三〇歳を過ぎていた。同僚として彰子に仕えていた和泉《いずみ》式部の場合は、父が式部省の文官で、夫が和泉守《いずみのかみ》をつとめていた。

紫式部には藤原宣孝《のぶたか》という夫がいた。筑前守《ちくぜんのかみ》、山城守《やましろのかみ》などを歴任した。また父の為時も、紫式部が出仕した時には、かつての式部丞ではなく、越前守《えちぜんのかみ》という経歴があった。だから、父や夫の経歴による通称なら、「越前」とか「筑前」と呼ばれるのがふつうだ。

宮中に出仕した時に女官としての通称がつけられたのであれば、わざわざ父の大昔の官職をもとに「式部」と呼ぶ必要はなかったはずだ。

そこで考えられるのは、「式部」というのが、もっと以前の通称だったのではないかということだ。

のちに藤原道長が入り婿になる左大臣源雅信の土御門殿は大邸宅で、大勢の侍女が仕えていた。その侍女の寝所は渡殿《わたどの》と呼ばれる渡り廊下を細かく仕切った「房《ぼう》」にあったので、女たちは「女房」と呼ばれていた。そこでは宮中と同様の通称が用いられていた。紫式部は住み込みの女房ではなかったが、通いで女房の手伝いをしていたので、通称が与えられていたのではないだろうか。

その当時、左大臣の娘の倫子に仕えていた女房の多くが、のちに道長の長女彰子の入内に従って宮中の女房となった。『紫式部日記』に登場する同僚の女房の多くは古くからの侍女だった。「大納言の君」と呼ばれた源廉子《やすこ》、「小少将の君」と呼ばれた源時通《ときみち》の娘、

図1　紫式部邸と土御門殿の位置関係

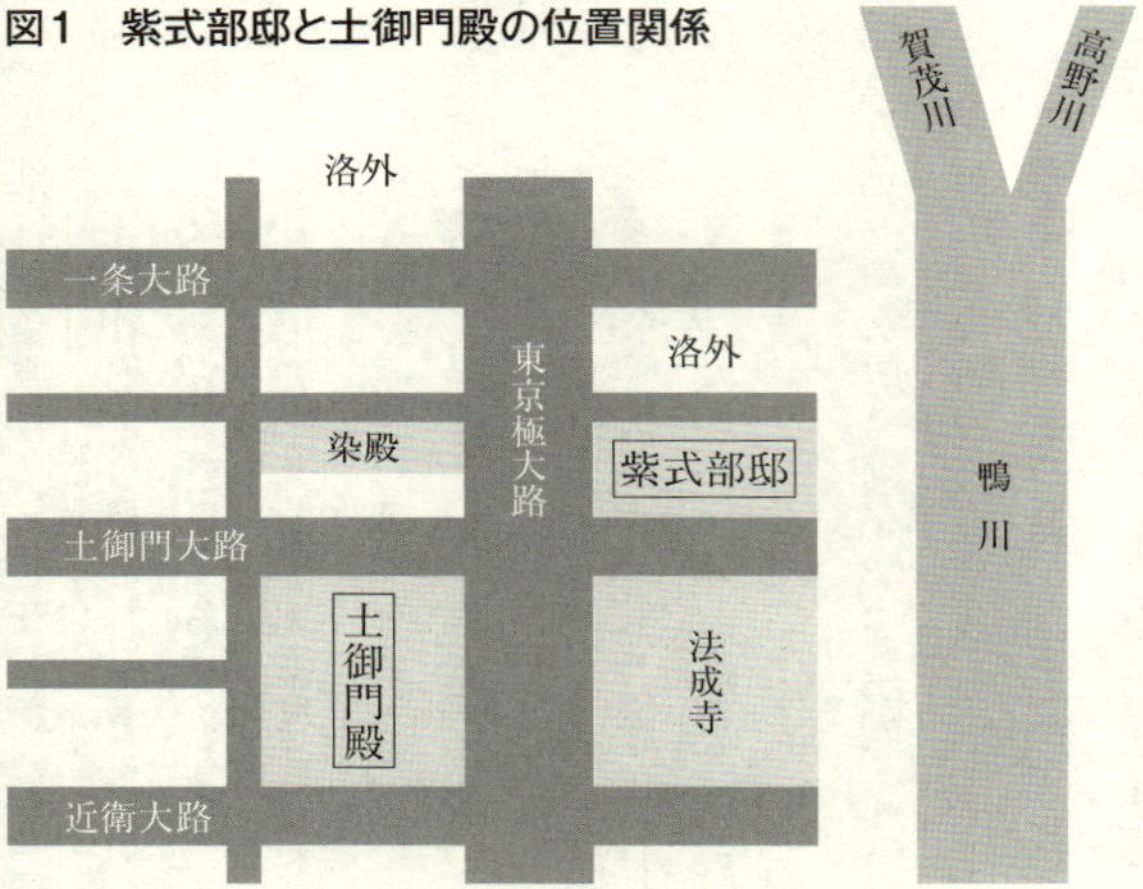

「中務の君《なかつかさ》」と呼ばれた源隆子《たかこ》など、傍流の源氏一族の娘が多かった。

その中に「源式部《げんしきぶ》」と呼ばれる女房がいる。源重文《しげふみ》の娘とされる。光孝《こうこう》天皇を祖とする源氏一族で、祖父の信明《さねあきら》は三十六歌仙に数えられる歌人だが、父の重文は下級文官にすぎなかった。父が国司の長官をつとめたことがあればその国の名が通称となるところだが、式部省の下級文官だったので源式部と呼ばれたのだ。

紫式部の父も、紫式部が少女であったころは、式部丞と六位の蔵人をつとめたあと長く失業中だった。だから紫式部も、藤原氏の一字をとって「藤式部《とう》」と呼ばれていたと考えられる。

それが「紫式部」になったのは、もちろん「若紫《わかむらさき》」の巻（第五帖《じょう》）が書かれたからで、おそらく紫式部の最初の読者は、左大臣家の女房たちであったろう。だから誰からも「紫式部」と呼ばれるようになった。

紫式部は源倫子の親戚にあたる。父の為時と、倫子の母の藤原穆子《あつこ》が従姉弟《いとこ》の関係なのだ。しかも自宅が土御門殿の斜向《はすむ》かいにあったので（図1参照）、紫式部は少女のころから土御門殿に通っていた。廊下に住み込む女房ではないが、侍女の手伝いなどもしていて、「式部」という通称で呼ばれていたのだろう。

紫式部が宮中に出仕した経緯

のちに紫式部が仕えることになる彰子は、藤原道長の長女で、一条天皇のもとに女御（のちに中宮）として入内したのだが、天皇のもとにはすでに定子という中宮（皇后と同等で女御よりは上位）がいた。

定子は道長の長兄道隆の娘で、一条天皇より四歳年長。才色兼備の魅力的な女性で、しかも一条天皇が一一歳で元服した直後からおそばに仕えていた。

一条天皇にとって定子は、姉であり、同時に母のような、性的関係のない存在だったと思われる。天皇の実母の詮子《あきこ》は、わが子を独占しかねない定子を嫌っていた。詮子は定子の父藤原道隆の妹にあたる。妹は兄に対して弱い立場だ。逆に弟の道長に対しては、姉は強い立場になれる。そういうこともあって、詮子は道長を味方につけようとしていた。道長を左大臣家の入り婿としたのも詮子の画策だ。そして道長の娘の彰子を、定子のライバルに仕立てようとした。

しかしながら一条天皇は、長い間、ひたすら定子だけを寵愛《ちょうあい》していた。彰子が男児を産むことを期待する詮子と道長にとって、定子の存在は容易に打破することのできない障害だったのだ。

定子の父の藤原道隆は、関白藤原兼家《かねいえ》の正室の長男で、父の没後、関白の座に就いていた。入内させた定子が男児を産み、その子が天皇となれば、天皇の外戚（母方の祖父）として、揺るぎのない権勢を有することになっていたはずだ。

ところが残念なことに、道隆はその男児の誕生の前に病没することになった。ほとんど同じ時期に弟の道兼《みちかね》も没したため、三男（異母兄を含めれば五男）の道長が、権大納言のまま内覧の宣旨《せんじ》を受けることになった。

ただしこれはあくまでも嫡流の後継者（道隆の正室の長男藤原伊周《これちか》）にバトンタッチする

までの、短期間の中継ぎだと当初は考えられていた。

道長としても、娘を入内させて男児を得ることができれば、大権力者となる可能性が見えてくるところだが、内覧となった当時はまだ、長女の彰子が八歳で男児の誕生は先のことだった。しかも一条天皇の寵愛はひたすら定子に傾いていた。定子の第一子は女児だったが、やがて男児が誕生することになる。のちに式部卿《しきぶきょう》となる敦康《あつやす》親王だ。

道隆の嫡男伊周は、弱冠二一歳にして、すでに道長より上位の内大臣になっていた。三〇歳の道長はその下位の権大納言にすぎなかった。伊周は摂関家の嫡流を自負し、横暴の限りを尽くして周囲の文官たちの批判を集めていたのだが、妹の定子が産んだ敦康親王が皇位に就けば、天皇の母方の伯父ということになる。祖父よりは弱い立場だが、それでも外戚なので、絶対的な権力者となることは間違いない。

兄二人の急死は、三男の道長にとっては、まさに僥倖《ぎょうこう》だった。甥《おい》の伊周より年齢が上だったこともあって（姉の詮子の計らいだったとも考えられる）、権大納言のままで内覧を任され、やがて地位も伊周を追い越して右大臣に昇ったのだが、道長としては、長女の彰子が男児を産まない限り、大権力者への道は閉ざされることになる。

やがて彰子は成長し、一二歳となって入内した。さらに数年が経過し、子どもが産める年齢に達したのだが、いっこうに懐妊ということにはならなかった。彰子はやや控え目な性格だったのに対し、美貌の定子は性格も明るく、機知に富んだ才気をもっていた。

定子がいかに魅力的な女性であったか、一条天皇がいかに定子を寵愛していたかは、定子に仕えていた清少納言が『枕草子』で見事に活写している。その『枕草子』は宮中の女房たちの間で評判になっていた。定子は第三子（次女）を出産した直後に亡くなるのだが、三人の子どもたちの育ての世話をしていた定子の妹の御匣殿《みくしげどの》を一条天皇は寵愛するようになっていた。

一条天皇は感性の豊かな人物で、一人の妻を一途《いちず》に愛する傾向があった。先の関白藤原道隆が亡くなった後には、権力の座を狙う傍流の藤原一族が何人もの娘を入内させていたのだが、義理立てして通うということはなかった。子女を産んだのは定子だけだった。

彰子が子どもを産める年齢に達しても、一条天皇は通っていかなかった。天皇を彰子のもとに通わせるためには、秘策が必要だった。

道長が目をつけたのは、一条天皇が和歌や漢籍を好み、管弦にも才能があり、物語などにも興味をもっていたことだ。すでに『源氏物語』の何巻かを書き上げ、評判をとっていた紫式部を彰子のもとに出仕させるというのは、一条天皇の関心を惹《ひ》きつける政治的な戦略として考えられたものだった。

道長の戦略は見事に当たり、一条天皇は彰子のもとに通うようになった。そして二人の男児が誕生した。のちの後一条天皇と後朱雀《ごすざく》天皇だ。この二人の天皇の外戚として、藤原道長は大権力者への道をたどり、摂関家の絶頂の時代を築き上げることになる。

光源氏とはどのような人物か

紫式部の『源氏物語』とはどのような物語なのか。

その全体を詳述しようとすると、この本の紙数には収まらない。ここでは骨格ともいうべき特色だけを、ごく簡単に紹介しておく。

『源氏物語』は五十四帖で構成されている。巻物ではなく、和紙を折りたたんで袋綴《ふくろと》じにしたものを「帖」と呼んでいる。ただ文書の多くが巻物であったころの風習で、第一巻、第二巻……、というふうに呼ぶこともある。

多くの読者はその一巻ずつを読んで愉《たの》しんだり、皆で集まって誰かの朗読を聞いたのだろう。

『源氏物語』は独立した短篇が、一つのシリーズになっているものと考えられる。従って、今日の長篇小説のように、一貫したストーリーがあるわけではない。実に多くの女性が登場し、各巻ごとにさまざまなヒロインが現れる。それらはそのヒロインを描いた、独立した物語として読むことができる。いわば番外篇として書かれたエピソード集なのだ。登場しては消えていくヒロインたちの物語を丹念にたどっていたのでは、本筋を見失ってしまう。

ここではその主要なストーリーの流れだけを紹介する。

主人公に固有の名前はない。ただ「光源氏」と呼ばれている。この場合の「光」というのは、「光り輝くお方」というくらいの意味だと考えておけばいいのだが、作者によって設定された「光」という言い方には、もっと深い意味があるとわたしは考えている。そのことには、あとで触れることにする。

作品の冒頭部分や途中で、主人公は度々、未来を占われる。これは話をおもしろくするための常套《じょうとう》手段で、ある程度ストーリーの先の方を示して、読者の興味をかきたてようとする作者の意図が感じられる。

『源氏物語』よりも以前に成立した『伊勢物語』の場合は、在原業平《ありわらのなりひら》という実在の人物をモデルにしているので、歴史的事実から大きく逸《そ》れることは許されない。

しかし『源氏物語』は完全なフィクションなので、作者は神のごとく自由にストーリーを展開できる。

ただし、エンピツで書いた文章なら消しゴムで消せるし、パソコンで打ち込んだものなら削除や修正がいくらでもできるのだが、和紙に墨で書き、書き終えた巻はただちに女房たちが朗読したり、筆写されて広まっていった『源氏物語』の場合は、書いてしまったものは作者の手を離れていく。

物語の初めに主人公の未来を予言してしまうと、作者自身がその予言に縛られることになる。

従って、作者の紫式部は、物語を書き始める段階で、全体の構成やストーリー展開を、頭の中にしっかりと想《おも》い描いていたことになる。

とにかくその予言を見てみよう。

まずは冒頭の「桐壺《きりつぼ》」の巻だ。必ずしもこの第一巻が最初に書かれたわけではないのだが、それでも早い段階でこの巻が書かれたことは間違いない。ここでは幼少の主人公の顔を見た高麗《こま》の人相見が、次のような言い方をする。

「国の親となりて、帝王の上《かみ》なき位に昇るべき相《そう》おはします人の、そなたにて見れば、乱れ憂ふることやあらむ。公《おほやけ》のかためとなりて、天の下を輔《たす》くる方にて見れば、またその相違《たが》ふべし」

何を言っているのかよくわからないところもあるのだが、帝王の相があるけれども帝王になると問題が生じる。かと言って臣下として重鎮になるかと言えば、少し違うような気もする、というようなことで、結局、「帝王とも言えず臣下とも言えず」といった微妙な立場であることを予言したということだ。

これは臣籍降下（皇族がその身分を失い、天皇から「氏姓」を与えられて、臣下の籍に降りること）した天皇の「家臣」の身分でありながら、准太上天皇《じゅんだいじょう》という、天皇に等しい立場となった光源氏のその後のストーリーを、言い当てているようでもある。作者がそのようにストーリーを展開しているのだから、予言が当たるのは当然なのだが、最初にこのような予言を書いたということは、その段階で紫式部は、ストーリーの先の方までをすでに構想していたことになる。

ヒロインの紫の上が登場する「若紫」の巻では、夢判断によって「天皇の父になる」と指摘される。

「若紫」は現在の標準的な順番では第五巻とされている。この巻の後半では、主人公が父が寵愛する中宮の藤壺《ふじつぼ》と密通して懐妊させる経緯が語られる。生まれた子がいずれ天皇になるということが読者に示されることになるのだが、研究者によっては、紫式部はこの「若紫」の巻から書き始めたのではないかとされているので、この予言も重要な意味をもつことになる。

主人公の光源氏が政争に巻き込まれて平安京を離れ、須磨《すま》のあたりに蟄居《ちっきょ》していると、受領《ずりょう》（国司の長官）の館に招かれ、明石《あかし》の君《きみ》と呼ばれる女と結ばれる。その話の直後に来る「澪標《みおつくし》」の巻では、占星術の一種である宿曜《すくよう》の占いによって「三人の子が、天皇、皇后、太政大臣《だじょうだいじん》となる」と予言される。

天皇の父になることはすでに「若紫」で示されているので、ここでは明石の君が産んだ女児がやがて天皇の后《きさき》になることが予言されたことになる。最後の「太政大臣」と予言されるのは、嫡男の夕霧《ゆうぎり》（母は左大臣の娘の葵《あおい》の上《うえ》）のことだろうが、この予言の実現は物語の中では描かれない。その前に主人公は雲隠れ（死去）してしまうからだ。

作者が自分が書いた予言を忘れてしまったわけではない。光源氏が大権力者となったありさまを見れば、嫡男にその権力が引き継がれることは容易に想像がつく。だからあえて書く必要はなかったということだろう。

光源氏はなぜ「光」なのか

すでに書いたことだが、紫式部が生きた時代には、摂政関白という地位の権威は揺るぎのないものになっていた。しかしながら、『源氏物語』には摂政も関白も登場しない。『源氏物語』には具体的な氏族の名称は一切出てこないのだが、左大臣と右大臣は同族だとされていて、誰が読んでもそれが藤原一族だということはわかるようになっている。以後の説明では、この一族を「藤原一族」ということにしておく。

左右の大臣は藤原一族だが、彼らは摂政でも関白でもない。これは物語の時代設定が、紫式部が生きた時代ではなく、過去の時代に設定されているからだ。

紫式部の時代からおよそ一〇〇年ほど前、菅原道真《すがわらのみちざね》の財政改革によって、摂関家の権益が縮小され、朝廷の権威が一時的に復活した時期があった。この菅原道真についてはのちに詳述するので、ここでは概略だけを述べておく。

天皇が直接政務を担当することを「親政」と呼ぶのだが、宇多《うだ》天皇から、醍醐《だいご》、村上天皇にかけての時代はまさにそれだった。醍醐天皇の治世を「延喜《えんぎ》の治」、村上天皇の治世を「天暦《てんりゃく》の治」と呼び、併せて「延喜天暦の治」と称する。

醍醐と村上の間に挟まった朱雀天皇（村上天皇の兄）は即位した時は幼少であり、成人してからも病弱だった。従って、朱雀天皇による親政はなかったのだが、宇多、醍醐の治政によって、藤原一族の勢力は抑制されていた。

『源氏物語』の中に「朱雀帝」という人物が登場することからも、紫式部が「延喜天暦の治」の時代を念頭に置いて物語を展開していることは明らかだ。

そうした親政の時代を築いたのは、菅原道真を右大臣に起用し、内覧の宣旨を与えた宇多天皇なのだが、その宇多天皇の父が光孝天皇だ。

光孝天皇は仁明《にんみよう》天皇の第三皇子で時康《ときやす》親王と呼ばれていた。政治の中枢である台閣《たいかく》には関わらず、式部卿という閑職に就いていた。

ところが、陽成《ようぜい》天皇が宮中で暴力事件を起こして廃帝となったため、急遽《きゆうきよ》、時康親王が皇位に就くことになった。

「光孝天皇」という諡号《しごう》（死後に贈られる称号）には、同じような先例があったことが考慮されている。

看病禅師（病気の治療や祈禱《きとう》に関わった僧侶）の道鏡を皇位につけようとするなど、専横が目立った女帝の称徳《しようとく》（孝謙《こうけん》）天皇が子孫を残さずに急死したのだが、「壬申《じんしん》の乱」以後の皇統であった天武《てんむ》天皇の子孫が絶えてしまったために、天武天皇の兄にあたる天智《てんじ》天皇の子孫の光仁天皇が急遽、擁立されることになった。平安京を築いた大権力者の桓武《かんむ》天皇も、父の光仁《こうにん》天皇が突然皇位に就くことがなければ、天皇になるなど考えられない皇族の末端に位置する存在だった。

「光源氏」の「光」には、「思いがけない天皇」という意味がこめられている。

紫式部は、藤原摂関家の権威が復活した時代に、あえて皇族（天皇あるいは上皇）に権威があった時代を設定し、さらに「光源氏」と呼ばれるスーパーヒーローが、藤原一族を凌駕《りようが》していく物語を書いた。

物語の冒頭に登場する天皇（光源氏の父）も、固有の名をもっていない。光源氏の実母の桐壺更衣《こうい》を寵愛したことから、天皇も桐壺帝と呼ばれることになる。

桐壺帝には弘徽殿《こきでん》の女御という正室がいる。この女性は藤原一族だ。左右の大臣は双方とも藤原一族だが、弘徽殿の女御は右大臣の娘という設定になっている。

弘徽殿の女御には男児があり、すでに皇太子に立てられている。やがてこの人物は即位して朱雀帝と呼ばれることになる。物語の中に二度ほど、先帝の名称として「宇多帝」というのが出てくる。子息が朱雀帝と呼ばれることもあって、桐壺帝は実在の朱雀天皇の父の醍醐天皇をモデルにしていると考えられる。

なお、光源氏は朱雀帝の弟という設定だが、実在の朱雀天皇の兄弟には、天暦の治の村上天皇のほかに、源高明《たかあきら》という重要人物がいた。光源氏のモデルではないかとされる悲劇の主人公なのだが、そのことは次の章で述べることにする。

さて、桐壺帝があまりに桐壺更衣ばかりを寵愛するので、弘徽殿の女御を始め、後宮の女たちが桐壺に対して冷淡となり、いじめに近い状態となった。そのため桐壺は病となって亡くなってしまう。源氏はものごころつく前に、実母を失ってしまった。

桐壺帝は新たに入内した藤壺女御を寵愛するようになる。藤壺は先帝の皇女で、のちに弘徽殿の女御よりも上位の中宮に立てられる。皇女が藤原一族の娘より上位に置かれるというところにも、紫式部の意図が感じられる。

物語の重要なポイントとして、藤壺は亡き桐壺と瓜二《うりふた》つの面影をしていたとされる。幼い光源氏は、母桐壺の面影を求めて、こっそり藤壺のところに通う。やがて光源氏は大人となり、藤壺と密通して男児が生まれることになる。

この男児は光源氏の実子だが、建て前では父桐壺帝の子、つまり光源氏の弟ということになる。やがて異母兄の朱雀帝が皇位に就くと、この男児が皇太子に立てられる。のちに皇位に就き、冷泉帝《れいぜい》と呼ばれることになる。

左大臣と右大臣は、ともに藤原一族なのだが、左大臣は皇族とは友好的で、左大臣の娘の葵の上は光源氏の正室（嫡男の夕霧の母）となり、子息の頭中将《とうのちゅうじょう》は光源氏の親友となっている。

一方の右大臣は朱雀帝の外戚として権威を高め、やがて光源氏と対立することになる。

ここに朧月夜《おぼろづきよ》と呼ばれる魅力的な女性が登場する。朧月夜は右大臣の娘であり、桐壺帝の正室弘徽殿の女御の年の離れた異母妹なのだが、この姉妹の性格は対照的だ。陰気で気の強い弘徽殿の女御に対し、朧月夜は明るく奔放だ。

右大臣はこの朧月夜を、自分の孫にあたる朱雀帝のもとに入内させ、次の時代の天皇の外戚になろうと画策していたのだが、魅力的な女性がいれば労を惜しまず誘惑する光源氏が、朧月夜と付き合い始める。このことで、光源氏と右大臣の対立は決定的なものとなる。ことに光源氏の母の桐壺に恨みをもっていた弘徽殿の女御は、光源氏に対して嫌がらせを始める。

光源氏は京を離れ、摂津《せっつ》と播磨《はりま》の国境に近い須磨で謹慎することになる。華やかな光源氏の生涯で、最大のピンチが訪れたわけだが、ここで明石の君（「明石の御方《おんかた》」とも呼ばれる）と出会った光源氏は、二人の間に明石の姫君を得ることになる。明石の姫君は、のちに朱雀帝の第一皇子で「今上帝《きんじょう》」と呼ばれる天皇の后（中宮）となる。

大権力者となる光源氏

右大臣家の血を引く朱雀帝は、眼病を患って退位し、弟に譲位する。冷泉帝の時代が始まる。

不義の子である冷泉帝と光源氏の関係は、多くの人の知るところとなっている。外戚であった右大臣の権威は衰退し、京に戻った光源氏は、帝の父すなわち上皇（太上天皇）に等しい「准太上天皇」と呼ばれ、政界の最高権威となっていく（次ページの図2参照）。

光源氏はかつて河原左大臣と呼ばれた源融《とおる》（光源氏のモデルの一人とされている）の邸宅があった六条に巨大な邸宅を建て、亡くなった葵の上に代わって正室に等しい立場となった紫の上を始め、それまでに付き合った多くの女たちをこの大邸宅の各所に住まわせることになる。

ここで最大のヒロインとも言える紫の上について触れておこう。

光源氏は幼少のころに実母の桐壺を失った。このことが一種のトラウマとなって、つね

図2 『源氏物語』の系図（本書に即した簡略版）

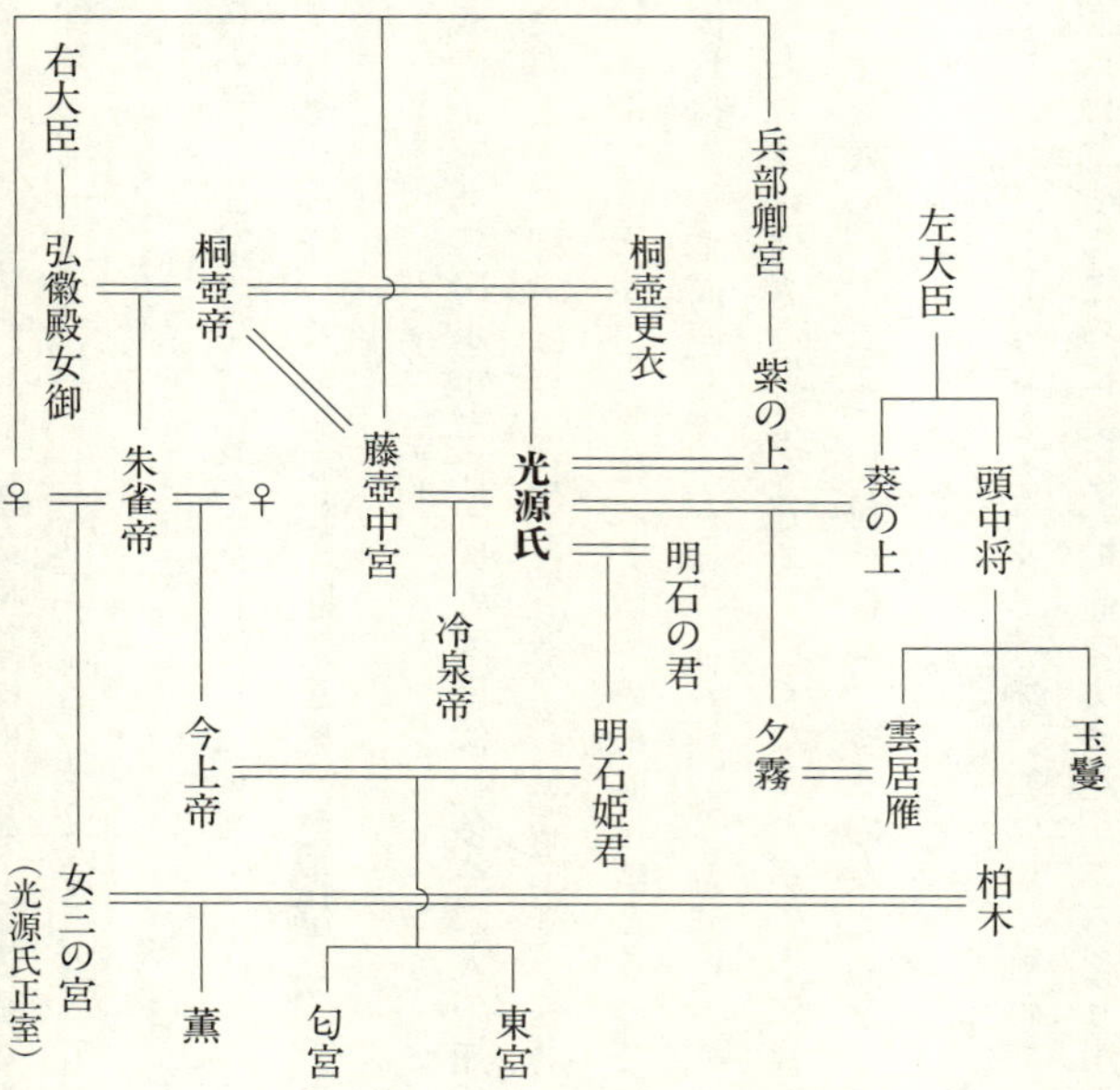

に母性を追い求めるマザコン気味の少年になったと考えられる。桐壺に似ていることから、父が新たに寵愛するようになった藤壺が、いわば母代わりであった。

　やがて光源氏は病を癒すために京の北山の先の山寺を訪ねたおり、藤壺の遠縁（藤壺の兄の兵部卿宮《ひょうぶきょうのみや》の妾腹《しょうふく》の娘）にあたる少女とめぐりあう。妾腹とはいえ皇子の娘であるから皇族であり、高貴な血筋であることは確かだ。

　これが紫の上で、光源氏は

この少女を拉致《らち》に等しいかたちで自邸に連れ帰り、養女として育てる。

その養女をやがて自分の妻にするくだりは、全巻の中でも最もスリリングな場面で、養女と情を交わすというのは世間一般の道徳からすれば背徳的な暴挙とも言えるのだが、スーパーヒーローとスーパーヒロインが結ばれる夢のように美しいシーンだと見ることもできる。

紫の上は、藤壺の親族であり、その藤壺は光源氏の実母の面影を宿した女性だ。つまり光源氏にとって紫の上は、娘（養女）でありながら、母のような存在でもある。母と娘と妻のすべてが、一人の女性に宿されている。

母であり、娘であり、同時に妻でもあるような存在……、それこそが理想の愛人だというのが、作者である紫式部が当初から考えていた、物語の基本コンセプトなのではないだろうか。

ただし紫の上には、子が生まれなかった。これは養女を妻とするという背徳的な関係を描く上で、そういう人物を幸福にしてはならないという、自省の念が作者に働いたのかもしれない。多少の背徳はスリリングだが、度が過ぎると読者が離れていく。作者はそのあたりのことを心得ている。

自分の子どもが産めなかった紫の上は、その代わりに、明石の君が産んだ姫君を養女として育て、入内させる。さらにその后が産んだ皇子（匂宮《におうみや》）をも養育する。この匂宮は、後日談とも言える「宇治十帖」では、主人公の薫《かおる》のライバルとして大活躍することになる。なお「宇治十帖」に先立つ三巻は、「匂宮三帖」と呼ばれている。

権力者として絶頂を極めた光源氏だが、晩年には悲劇が訪れる。母の面影を宿した父の愛人を犯して不義の子を産ませ、さらに母の面影を宿した養女を犯すという、背徳を重ねてきた光源氏は、業《ごう》を背負った人物であり、やがてその報いを受けることになる。

発端は上皇となっていた異母兄の朱雀帝から、女三《おんなさん》の宮《みや》と呼ばれる皇女を押しつけられたことだ。女三の宮の母は藤壺の妹だ。藤壺にも紫の上にも似たところがある。皇女なので正室としないわけにはいかない。それは光源氏にとっては心苦しいことだった。正室の扱いをしてきた紫の上の立場がなくなってしまうからだ。

実際に紫の上は、失意のうちに亡くなってしまう。最愛の女性を失った光源氏に、さらなる悲劇が待ち受けている。親友の頭中将の子息で、光源氏の嫡男夕霧の親友でもある柏木《かしわぎ》が、女三の宮を見初《みそ》めて、不義の子（薫）を産ませてしまうのだ。

かつて父の愛人と通じて不義の子を産ませた光源氏は、今度は自分が不義の子を育てるという、被害者の立場になってしまう。ここに到って初めて、光源氏は父と同じ立場になり、その苦しみをわが事として体験することになる。つまり、ほんとうの意味で父を理解し、和解することになるのだ。

この構造は、のちに志賀直哉の『暗夜行路』によって再現されることになるのだが、このように同じことが繰り返され、子が父を理解するというのは、普遍的な一つの物語構造だと言えるだろう。なお、「構造」という概念については拙著『実存と構造』（集英社新書）で詳述したので、これ以上の説明は省く。

この不義密通によって、光源氏の次男（冷泉帝を含めれば三男）として育てられたのが、「宇治十帖」の主人公、薫だ。

この薫と、光源氏の孫にあたる匂宮とが、宇治の姫君をめぐって悲劇を重ねていく「宇治十帖」は、光源氏が大活躍する『源氏物語』の本篇とはまた違った、文学としての深さを感じさせる内容になっているのだが、反体制文学としての『源氏物語』は、光源氏の死をもって終わっていると考えるべきだろう。

不義の子の誕生に始まって、不義の子の誕生で終わる物語。それが光源氏を主人公とした『源氏物語』であり、源氏が藤原一族を凌駕する物語の最後に、作者によって仕掛けられた、わずかな綻《ほころ》びであると言ってもいい。栄光の先に苦い哀《かな》しみが訪れる。長い物語を締めくくる見事なフィナーレだ。

光源氏の嫡男の夕霧の影は次第にうすれていき、藤原一族の血を引く柏木の登場によって、物語の主人公は薫に移っていく。

薫には藤原一族の血が流れている。ライバルの匂宮は、光源氏の孫ではあるのだが、「宇治十帖」の主人公はあくまでも薫であり、匂宮は脇役にすぎない。

「宇治十帖」は恋愛に関する美意識と宗教的な人生観が錯綜《さくそう》する哲学的な趣をもった物語であり、もはや政治権力などという世俗のテーマを超越した文学の高みに昇っていく。これは作者である紫式部が年齢を重ね、物語作家としての円熟期に入った成果であり、自らの老いを意識した諦念に支えられた作品だと見てもいいだろう。

第二章　源氏一族の悲劇

摂関政治の始まり

藤原摂関家の全盛時代に、なぜその抵抗勢力の中心である「源氏」を主人公とする物語が書かれ、それが多くの読者に支持されたのか。

その謎を解くためには、平安中期の皇族や貴族の子女にとっては共通の認識だった「源氏一族の悲劇」について語らねばならない。

藤原摂関家の権勢が拡大していく過程は、抵抗勢力の源氏一族が没落していく過程でもある。彼らの恨みや憤りが、一族や周囲の人々の胸中に蓄積していたからこそ、源氏が活躍する物語が大ブレイクすることになったのではないか。

そのことを実証するために、この章では、皇族や源氏一族の悲劇の歴史をたどっていくことにする。

最初の悲劇は、皇太子に立てられていた恒貞親王《つねさだしんのう》が、突如として廃太子となった事件だ。これを「承和《じょうわ》の変」（承和九年／八四二年）と呼ぶ。

仕掛け人はまだ中納言にすぎなかった藤原良房《よしふさ》だ。仁明《にんみょう》天皇に取り入った良房は、天皇の皇子（のちの文徳《もんとく》天皇）を擁立するために、謀略によって恒貞親王を皇太子の座から引きずり下ろした。

儒学者の橘逸勢《たちばなのはやなり》を始め、恒貞親王の側近がことごとく捕縛され流罪となった。その側近たちが謀反の旗頭にしようとした阿保《あぼ》親王（『伊勢物語』の主人公在原業平《ありわらのなりひら》の父）が謎の死を遂げるなど、怪しい出来事が重なった。すべては良房が捏造《ねつぞう》した冤罪《えんざい》事件ではないかと考えられる。

それほどまでのことをして、良房はなぜ文徳天皇を擁立しようとしたのか。この天皇の母が良房の妹の順子《のぶこ》だからだ。実際に文徳天皇が即位すると、良房は天皇の母方の伯父として独裁者への道を踏み出していく。まだ摂政という地位に就いたわけではないが、これが藤原一族による摂関政治の始まりだと見ていいだろう。

良房は自分の娘の明子《あきらけいこ》を文徳天皇のもとに入内させる。そして生まれたのが清和《せいわ》天皇だ（源頼朝《よりとも》や義経《よしつね》の祖）。

文徳天皇には惟喬《これたか》親王（母は紀名虎《きのなとら》の娘の静子《しずこ》）という長男がいたのだが、良房は強引に清和天皇を皇太子に擁立した。

文徳天皇の崩御によって、清和天皇はわずか九歳で即位する。幼帝であるので、良房が摂政に就任したと考えられる。かつて聖徳太子が女帝の推古《すいこ》天皇を補佐して摂政と呼ばれたことはあったが、皇族でない者が摂政となるのは空前のことであった。良房は幼帝の母方の祖父という立場になり、独裁体制を確立した。

長男にもかかわらず皇位を継げなかった惟喬親王はのちに仏門に入ることになり、妹の恬子《やすこ》内親王は伊勢斎宮《さいぐう》（伊勢神宮に奉仕するために派遣される皇女）として京から追放された。この悲劇の皇族に同情したのが、『伊勢物語』の主人公の在原業平だ。

『伊勢物語』で描かれた業平の悲劇

「承和の変」で抹殺された阿保親王の子息が在原業平だ。平安京を築いた桓武《かんむ》天皇の嫡流とも言える高貴な血筋なのだが、父の阿保親王が冤罪事件に巻き込まれたことから、臣籍降下させられ、「在原」という氏姓となった。

図3　天皇家と源氏一族、在原業平の系図

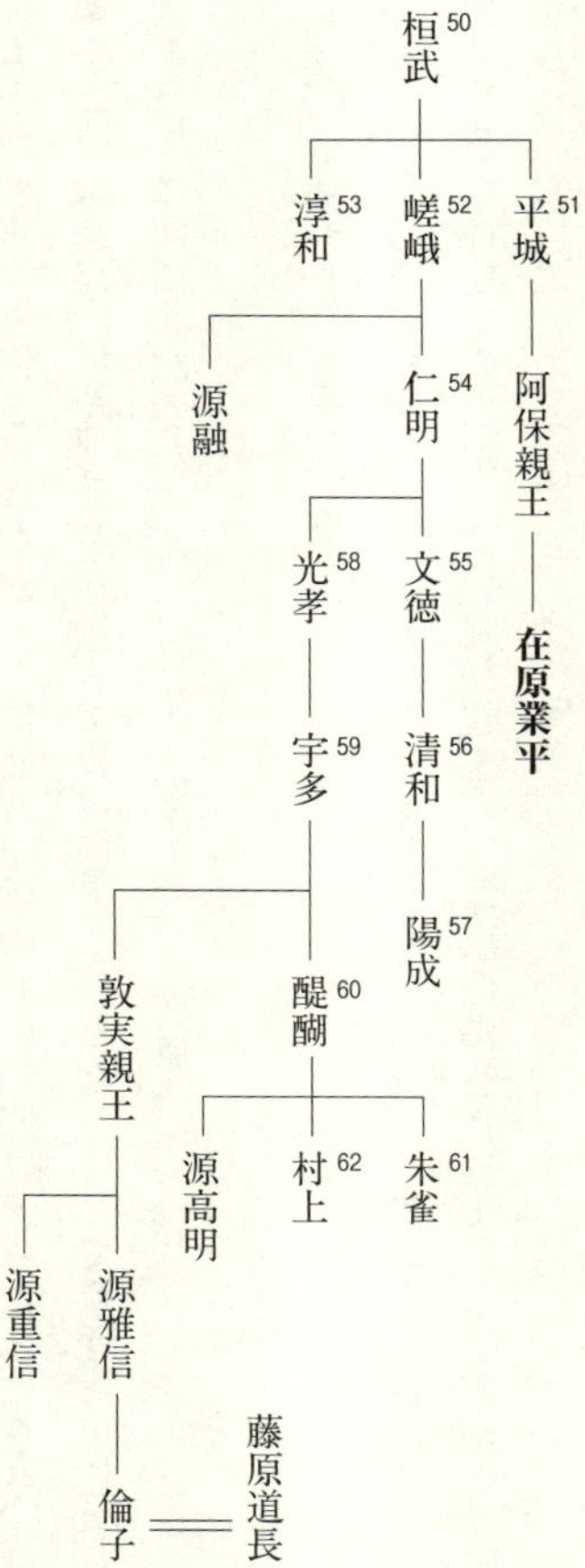

※数字は天皇の代数を示す

皇族から臣下になる場合、桓武天皇の子孫には平安京の一字をとって「平」、嵯峨《さが》天皇以後は皇室に源流があるということで「源」という氏姓が与えられたのだが、業平の場合はそのいずれでもなく、謀反人の末裔《まつえい》ということがわかるような、在野に下向《げこう》することを示す「在原」という氏姓となり、元服の年齢となっても位階も職も与えられなかった（図3参照）。

二〇歳を過ぎてから、ようやく宮仕えすることになったのだが、与えられたのは皇族のお世話をする蔵人《くろうど》という職務だった。桓武天皇の嫡流を自負する業平としては屈辱的な職務と感じられただろう。

伝説によれば、業平は日本史上屈指の美男子ということになっている。和歌の才にも恵まれ、さまざまな女性と浮き名を流すことになる。そうした恋愛のようすを描いたのが『伊勢物語』なのだが、この作品にも、良房の謀略のようすがしっかりと描かれている。

悲劇のヒロインは二人いる。その一人で業平と相思相愛の仲だったのが藤原高子《たかいこ》という女性だ。この作品も登場人物の固有名は伏せられている。のちに高子は清和天皇の中宮となったことから、作中では二条后《にじょうのきさき》と呼ばれている。

藤原高子は摂政となった藤原良房の兄にあたる藤原長良《ながら》の娘だ。長良は権力闘争に没頭する弟と違って、のんびりとした性格だったようだ。出世争いで弟に先を越されても平然としていて、父の藤原冬嗣《ふゆつぐ》から受け継いだ枇杷殿《びわどの》と呼ばれる自邸に業平が通ってくることも黙認していた。

この二人の仲を引き裂いたのが、高子の兄の基経《もとつね》だ。基経はのんきな父親は頼りにならぬと判断して、叔父の良房を頼った。良房は嵯峨天皇の皇女の源潔姫《きよひめ》を正室としていたため、側室をもたず、文徳天皇のもとに入内させた明子しか娘がいなかった。子息もなかったから跡継ぎがいない。そこに目をつけた基経は、叔父の良房の養子になることを画策した。

良房としては、跡継ぎよりも娘が欲しかった。明子が産んだ清和天皇の外戚として、摂政の地位についた良房ではあったが、その清和天皇に入内させる娘がいなかった。良房には良相《よしみ》という弟がいて右大臣をつとめていた。清和天皇の父方の祖母の順子は、良房の妹だが、良相にとっては姉にあたる。五倫の徳の四番目の「長幼の序」により、妹は兄に従わなければならないが、弟に対しては優位に立てる。順子は弟の良相を可愛《かわい》がっていた(このあたりはのちの時代の詮子《あきこ》と道長《みちなが》の関係と同じだ)。

その良相はすでに娘の多美子《たみこ》を清和天皇のもとに入内させていた。娘が男児を産めば、次の時代には弟の良相が外戚として君臨することになる。基経が妹の高子とともに養子になると申し出たことで、良房も未来への展望がもてるようになった。

だが良房と基経の野望の前には障害があった。高子と業平の仲は京の貴族の間では知らぬ者もないほどの噂《うわさ》になっていた。高子の入内には、右大臣の良相だけでなく、良相の側近の大納言伴善男《とものよしお》も反対した。台閣の最上位である左大臣の源信《まこと》は、嵯峨天皇の皇子で、藤原一族に対する抵抗勢力だったから、良房は孤立することになった。

ところが「応天門の変」（貞観《じょうがん》八年／八六六年）という不可解な事件が起こり、源信、藤原良相、伴善男の三人が同時に失脚することになった。

結果を見れば、高子の入内に反対していた勢力が一掃されることになったので、応天門の放火事件そのものが、良房と基経が共謀して仕組んだ巧妙な罠《わな》だったのではという疑いが生じるのだが、とりあえず事件の経過を追っていこう。

応天門が炎上した。誰かが放火したものと考えられた。この門は大納言伴善男が私財を投じて修復したばかりのものだったから、大納言に対する嫌がらせではないかということになり、伴善男の訴えで、左大臣源信の邸宅を兵が取り囲んだ。右大臣藤原良相の側近としてにわかに出世した伴善男に対して、源信は批判的だったからだ。

ところが良房と基経は、放火事件は源信を失脚させるために伴善男が仕組んだもので、放火を指示したのは伴善男自身だと糺弾《きゅうだん》した。大納言伴善男は流罪となり、大納言を支援した右大臣藤原良相も失脚した。さらに冤罪事件で捕縛されそうになった左大臣源信も自ら引退することになった。

この事件の真相はいまだにはっきりとはしないのだが、『伴《ばん》大納言絵巻』というものが作製され、そこには怪しい人物の後ろ姿が描かれている。どうやらすべてを仕組んだのは基経のようだ。

いずれにしても、この事件によって、高子の入内に反対する者はいなくなった。だが、それで高子の入内がただちに実現したわけではない。

問題は高子の心情だった。高子はいつまでも業平のことが忘れられなかったのだ。そこでまた良房と基経は、高子の業平への未練を断たせるための謀略を企てることになる。

清和天皇との立太子争いで敗れた惟喬親王は仏門に入ることになった。同情した業平が北山の先の雪に埋もれた寂しい庵《いおり》を訪ねるくだりが『伊勢物語』に記されているのだが、その当時、妹の恬子内親王は伊勢の斎宮に追いやられていた。良房は業平に狩りの使いを命じ、伊勢に派遣した。

狩りの使いとは、新嘗祭《にいなめのまつり》の供え物を得るために鷹狩《たかが》りをする職務だ。業平は鷹狩りの名人だった。だがその鷹狩りの場所として、良房は伊勢国を指定し、伊勢権守《ごんのかみ》の高階岑緒《たかしなのみねお》を随行させた。高階は良房または基経からの密命を帯びていたと考えられる。高階は鷹狩りのあと、業平を斎宮に案内したのだ。かつて蔵人として仕えていた美男子の業平に、恬子内親王は恋心を秘めていたのだろう。業平としても、不幸な内親王を慰めるためには、夜を徹して付き合うしかなかった。

斎宮に余人が入るのは禁忌であるが、伊勢権守の秘策によってこの密会が実現した。その結果、斎王の恬子は妊娠し、高階岑緒は生まれた男児を孫（子息茂範《しげのり》の養子の師尚《もろひさ》）として育てることになる。物語にはただ業平が斎宮を訪ね、斎王と相聞歌《そうもんか》を交わしたことが記されているだけなのだが、恬子が妊娠したという噂は高子にも伝わったようだ。

かくして業平への未練を断った高子は入内し、陽成《ようぜい》天皇を産んで国母（天皇の母）となった。

在原業平は傷心の旅に出ることになる。隅田川のほとりで詠んだ「名にし負はば　いざ言問《ことと》はむ　都鳥　わが思ふ人は　ありやなしやと」という歌から、言問橋《こととい》、業平橋という地名が生まれ、都鳥と呼ばれていた鳥にちなんで、お台場を走る乗り物が「ゆりかもめ」と呼ばれるなど、現代人でもよく知っているエピソードとなっている。

入内した高子は、生まれた皇子に冷淡だったのではないか。陽成天皇は荒《すさ》んだ青年となり、宮中で暴力事件を起こして廃帝とされてしまった。すでに良房は没し、基経の時代になっていたのだが、誰を皇嗣《こうし》（皇太子）とするかで、太政官は大いに混乱することになった。

この時に、基経の脅威となったのが、嵯峨天皇の末の皇子の源融《とおる》だ。引退した源信のあとを受けて公卿として活躍し、左大臣に昇っていた源融が、自分にも皇嗣の資格があると言いだしたのだ。

源氏という氏姓は嵯峨天皇の皇子たちから始まった。「応天門の変」で引退した源信、その兄に先だって左大臣を長くつとめた弟の源常《ときわ》、さらに末弟の源融と、一文字名前の源氏一族が、独裁体制を築こうとする良房に対する抵抗勢力となっていた。融の子息の湛《たたう》、昇《のぼる》らも抵抗勢力の一員となっていた。

融は長く政界に在籍したため、強い発言力をもっていた。基経としては、融の即位だけは何としてでも阻止しなければならなかった。

このおり太政官の諮問に応えたのが、大学寮の権威である文章博士《もんじようはかせ》の菅原道真《すがわらのみちざね》だった。道真の思惑はのちに述べるとして、結果としては、すでに太政官の台閣に昇っている公卿（左大臣・右大臣・大納言・中納言・参議など）には、皇嗣の資格がないと道真は断じた。従って左大臣の源融には資格がないことになる。

そこで急浮上したのが、仁明天皇の皇子の時康《ときやす》親王（のちの光孝《こうこう》天皇）だった。良房の妹の順子が産んだ文徳天皇が即位したため、異母弟の時康親王は式部卿という閑職をつとめるだけの、無用の皇族と見られていた。しかし時康親王の母（傍流の藤原総継《ふさつぐ》の

図4　天皇家と藤原家の姻戚関係図〈1〉

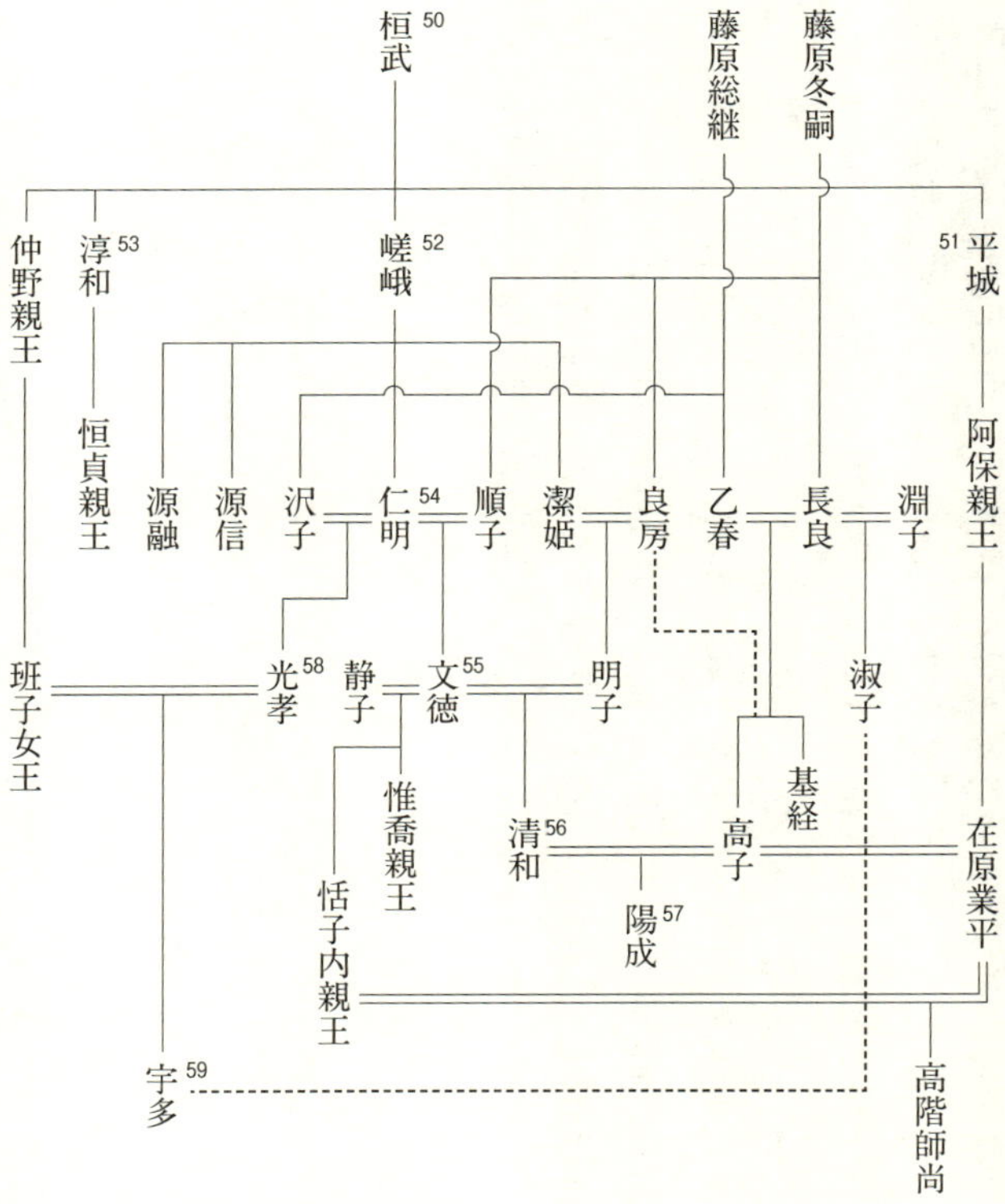

※数字は天皇の代数を示す

娘の沢子《さわこ》）と、基経の母（藤原乙春《たかはる》）が姉妹だったことから、時康親王と基経は従兄弟《いとこ》ということになる（前ページの図4参照）。

抵抗勢力の源融の即位を阻止するためには、従兄にあたるこの無能そうな皇族を擁立するしかないと、基経も決断することになった。

かくして「光」のつく諡号が贈られた光孝天皇が即位することになった。

摂政関白の利権とは何か

光孝天皇は高齢であったので、在位期間はわずか三年半にすぎなかった。それは事前に予測されたことだ。諮問に応えて光孝天皇を推挙した菅原道真には別の思惑があった。光孝天皇となる時康親王の子息の定省王《さだみおう》（のちの宇多《うだ》天皇）が、菅原道真の父の私塾（菅家廊下）で学んでいたのだ。教え子が皇位につけば、親政によって財政改革が実現できるという希望があった。

この時、菅原道真が考えていた財政改革とはどのようなものだったのか。そのことを語るためには、摂関政治によって得られる利権について述べておかなければならない。

国政は台閣と呼ばれる左大臣から参議に到る十数名の公卿からなる機関の合議によって

進められるのだが、摂政関白はその上に君臨しているので、文官や武官の人事を独占的に掌握している。中でも最も重要なのは、受領《ずりよう》と呼ばれる国司の長官の任免権だ。

受領は大国なら五位に相当する役職で、叙任となれば貴族と認められる。下級文官にとってはまたとない出世なのだ。叙任の直前の時期には、下級文官たちが手土産や賄賂を持って摂関家を訪問し、自分を売り込むことになる。とはいえ、手土産程度で摂関家が潤うわけではない。

受領は荘園整理の権限を有している。そのことが需要なのだ。

摂関家を始めとする名門貴族や有力社寺には、荘園を所有する特権がある。農地の拡大を求めて朝廷は荒れ地の開墾を奨励した。当初は一代限りの特権として墾田は無税とするといった有期の優遇措置だったのだが、のちには墾田永年私財法が施行され、開墾した農地の私有が認められた。財力のある貴族は投資をして荒れ地を開墾し、広大な荘園を所有するようになっていた。

さらにこの時期には、地方豪族の開墾も盛んになった。地方豪族には荘園を所有する権利はないのだが、名義だけ藤原摂関家の荘園にして、税を軽減するという不正が横行するようになっていた。その見返りとして、摂関家は土地の寄進を受けたり、名義料として収入を得ることになる。

こうした不正を摘発するのが受領の役目だが、明らかな不正もあれば、微妙な判断が必要な場合もある。その判断は受領の裁量に任される。摂関家が受領の任免権を押さえている状況では、摂関家の名義になっている荘園については、摘発が甘くなる。

荘園が増えるにつれて、受領の任免権を有することが、莫大《ばくだい》な富につながっていくことになった。摂関家が私腹を肥やし、朝廷は税収が得られない。実際に良房の権勢が長く続いたその当時は、朝廷の財政は破綻寸前となっていた。そのため、朝廷が必要とする費用の一部を摂関家が負担する場合もあった。

良房や跡を継いだ基経は、幼帝であった清和天皇や陽成天皇の摂政をつとめ、天皇が元服したのちも摂政のままで政務を代行していた。だが、摂政とは本来、女帝や幼帝に代わって政務を代行することを意味している。

ところが基経が即位させた光孝天皇はその時五五歳だったので、基経は摂政とは呼ばれず、太政大臣として政務にあたっていた。子息の宇多天皇（定省王）が皇位を継承した時も天皇はすでに成人していたので、基経は摂政とは呼ばれなかった。

宇多天皇が即位した直後、藤原基経は「万機すべて太政大臣に関白し、しかるのちに奏下すべし」という宣旨を受けた。

これが「関白」の始まりで、「関白」（訓ずれば「関《あず》り白《もう》す」）という言葉が新たな権力者の称号になった。

関白は天皇に代わって、受領の任免権を独占する。これが関白の最大の利権と言っていいだろう。

菅原道真は基経を批判して左遷され、受領として讃岐《さぬき》に赴任していたことがある。その時に、摂関家の広大な荘園をまのあたりにしていた。かつて空海が修築したとされる満濃池という巨大なダム湖から供給される用水は、荘園の農地には行きわたっていたが、水を供給されない国有地は荒れ果てていた。そのため農民たちは朝廷から支給された班田から逃走して、荘園の下人となっていた。朝廷は税が得られず、摂関家ばかりが豊かになっていく。

こうして朝廷は財政破綻し、摂関家の財力がなければ、国政もままならぬという状態になっていた。「関白」という全権委任の制度ができたのも、それが原因だった。

しかしながら、独裁者の基経の死によって、状況は一変することになる。宇多天皇と菅原道真による財政改革が始まったのだ。

菅原道真の財政改革

宇多天皇は儒学者としての見識をもっていた。母は皇族の班子女王《なかこ》（桓武天皇の孫）で、藤原一族の血はほとんど入っていない。外戚として天皇を支配するという摂関政治の基本が、宇多天皇の場合はまったく機能していなかったのだ。

基経が亡くなると、宇多天皇の親政が始まった。基経の子息で左大臣となった藤原時平《ときひら》はまだ若く、見識が不足していた。宇多天皇は一介の儒学者にすぎなかった菅原道真を右大臣に抜擢《ばってき》し、内覧の宣旨を与えた。内覧とは関白と同等の職務にあたることを意味する。この宣旨は左大臣時平にも与えられて、二人の大臣が共同で政務を担当することになったのだが、若い時平では、菅原道真の見識に太刀《たち》打《う》ちすることはできなかった。

菅原道真は独裁的に政務を掌握し、財政改革を図ることになった。何をなすべきかは明確だった。不正な荘園を摘発することだ。これを「荘園整理」という。朝廷の財政改革はこれに尽きると言っていい。受領の任免権を得た菅原道真は、信頼できる文官や、菅家廊下で学んでいた自分の弟子たちを、主要国に派遣した。その結果、租税が入るようになり、朝廷の財政再建が実現した。

菅原道真はかつて遣唐大使に任じられて左遷されかけた時に、遣唐使の派遣そのものを廃止してしまうなど、大胆な改革を次々に提案したのだが、最大のアイデアは「院政」（上皇による親政）と呼ばれる政治システムだった。まだ若い宇多天皇が子息の醍醐《だいご》天皇に譲位したのだ。

醍醐天皇の実母は摂政だった良房の弟の良門《よしかど》（紫式部の先祖）の子息、藤原高藤《たかふじ》の娘の胤《たね》子《こ》だ（六〇ページの図5参照）。摂関家ではないものの、藤原一族であることは間違いない。その結果、高藤は内大臣にまで出世することになった。しかし外戚というほどの権威をもつことはなかった。何よりも、天皇の父が太上天皇（上皇）として生存しているのであるから、外戚が立ち入る隙はない。

親政を開始した宇多院が、内覧の菅原道真に荘園整理を任せた。このことによって、道真は若い藤原時平を牽制《けんせい》しつつ、独裁的に財政再建を断行することができた。

ただし、あまりにも道真に全権委任に近いかたちで丸投げしてしまったために、綻びが生じることになった。

宇多院は儒学の見識は有していたのだが、政治そのものには興味がなく、政務を菅原道真に任せて、自らは仁和寺《にんなじ》を開き、隠棲してしまった。その間に、醍醐天皇は自らによる親政を始めようとした。左大臣の藤原時平も、摂関家の権威を取り戻したいと切望した。荘園整理によって摂関家は多大の損失をこうむることになったからだ。

菅原道真にも油断があった。娘を醍醐天皇の異母弟にあたる斉世《ときよ》親王に嫁がせて、のちに臣籍降下して源英明《ふさあきら》と呼ばれることになる男児が生まれていた。この男児が天皇になれば、道真が外戚として君臨することになる。財政改革がさらに進み、道真の権威が増すにつれて、醍醐天皇はいずれ自分が譲位を迫られるのではないかという不安に駆られた。あるいは時平からそのような懸念を吹き込まれたのかもしれない。

菅原道真は突如として自宅謹慎を命じられ、罪人として大宰府《だざいふ》に左遷された。そこで寂しく没することになる。それが藤原時平の卑劣な策謀であることは誰の目にも明らかだった。

のちに時平が熱病で没し、醍醐天皇が立てた皇太子が相次いで亡くなった。さらに内裏に接した清涼殿での文官を集めた会議中に落雷があり、醍醐天皇の目の前で数人の死者が出た。雷撃による無惨な即死者を目撃した醍醐天皇はそのまま寝込んで、回復することなく崩御ということになったと伝えられる。人々はこれを道真の怨霊のせいだと恐れた。

菅原道真が「天神さま」として祀《まつ》られるようになったのはそのためだ。

右大臣源高明《たかあきら》の失脚

菅原道真の左遷と死によって、財政改革は頓挫したかに見えたのだが、道真が派遣した国司たちは着々と荘園整理を進めていった。清涼殿に落雷があったことは歴史的事実のようだが、天神道真の祟《たた》りで天皇が悶死《もんし》したというのは、後世の人々が作り上げた伝説だろう。醍醐天皇は荘園整理と財政改革を自らの親政で進めた天皇として、のちの人々の評価は高い。時平亡きあと摂関家を継いだ弟の藤原忠平《ただひら》も、専横の気配は見せなかった。この時代の安定した政治は「延喜の治」と呼ばれる。

醍醐天皇の急死で即位した朱雀《すざく》天皇は八歳だったので、藤原忠平が摂政となり、のちに関白となった。しかし当初は宇多上皇が健在であったし、忠平自身が菅原道真の業績を認めていたので、荘園整理はさらに進められた。だが忠平が関白をつとめていたことは事実で、やがて訪れる藤原摂関家の全盛時代の基礎がこの時代に築かれたと見ることもできる。

朱雀天皇は天神の祟りを恐れた母の穏子《やすこ》によって甘やかされて育ったせいか、わがままなところがあり、病気がちでもあったので、二四歳の時に弟の村上天皇に譲位することになった。従って親政の期間はなく、しかも在位中に承平《じょうへい》の平将門《まさかど》の乱、天慶《てんぎょう》の藤原純友《すみとも》の乱が起こるなど、不幸な時代を天皇として過ごすことになった。

跡を継いだ村上天皇は、藤原忠平が没して以後は摂政関白を置かず親政を続けた。『古今和歌集』の編纂《へんさん》を命じた醍醐天皇のあとを受けて、『後撰《ごせん》和歌集』の編纂を命じるなど、文化的な事業を推進して、次に来る紫式部や清少納言などの、女性作家台頭の下地を作った。

『古今和歌集』の仮名序を書き、仮名書きの『土佐日記』を著すなど、仮名文字の普及に尽力した紀貫之《きのつらゆき》の試みは大きな成果を生んでいた。『後撰和歌集』では和歌の前に付ける詞書《ことばが》きをより詳しいものにして、仮名書きの散文の普及を図った。これはのちの物語文学の発展の第一歩だったと考えられる。

村上天皇の親政によって、「承平天慶の乱」で逼迫《ひっぱく》していた朝廷の財政は立て直された。村上天皇の治世は「天暦の治」と呼ばれる。

『源氏物語』はこの延喜から天暦にかけての天皇親政の時代を舞台としている。

村上天皇には多くの妻がいたが、中宮の安子《やすこ》（藤原忠平の次男師輔《もろすけ》の娘）が三人の皇子を産んでいたので、皇嗣はその三人に絞られた。

中宮の長男がのちの冷泉《れいぜい》天皇、次男が為平《ためひら》親王、三男がのちの円融天皇。この三人は血筋から言えば同等で、優劣は生まれた順番（長幼の序）によって定まるというのが常識的な見解だろう。ではなぜ、序列から言えば冷泉天皇の次に位置しているはずの為平親王が無視されて、冷泉天皇の次の皇嗣が円融天皇と定められたのだろうか。

そこには源氏一族のもう一つの悲劇があった。

悲劇の主人公の名は、源高明という。

源高明は醍醐天皇の第一〇皇子にあたる。母は嵯峨源氏の流れをくむ源唱《となう》の娘の周子《ちかこ》だ。唱の最高位は右大弁で、参議以上とされる公卿にもなれず、その次の八省の卿《かみ》にもなれなかった。周子も中宮や女御ではなく、更衣（「近江《おうみ》の更衣」と呼ばれた）という低い身分だった。

源高明は朱雀天皇や村上天皇の異母兄弟にあたるのだが（次ページの図5参照）、母の身分が低いので臣籍降下して源氏となった。このあたりが光源氏の境遇と重なっている。『源氏物語』では光源氏の兄が朱雀帝と呼ばれている。そのことから、源高明を光源氏のモデルと考える説が昔からあった。確かに光源氏と同様、高明は才気に溢《あふ》れた人物だった。

源高明は文官としては有能で、外戚の座を固めようとしていた藤原師輔からは信頼され、中宮安子の同母妹を二人も妻にしていた。そして冷泉天皇の時代に左大臣にまで昇った。

図5　天皇家と藤原家の姻戚関係図〈2〉

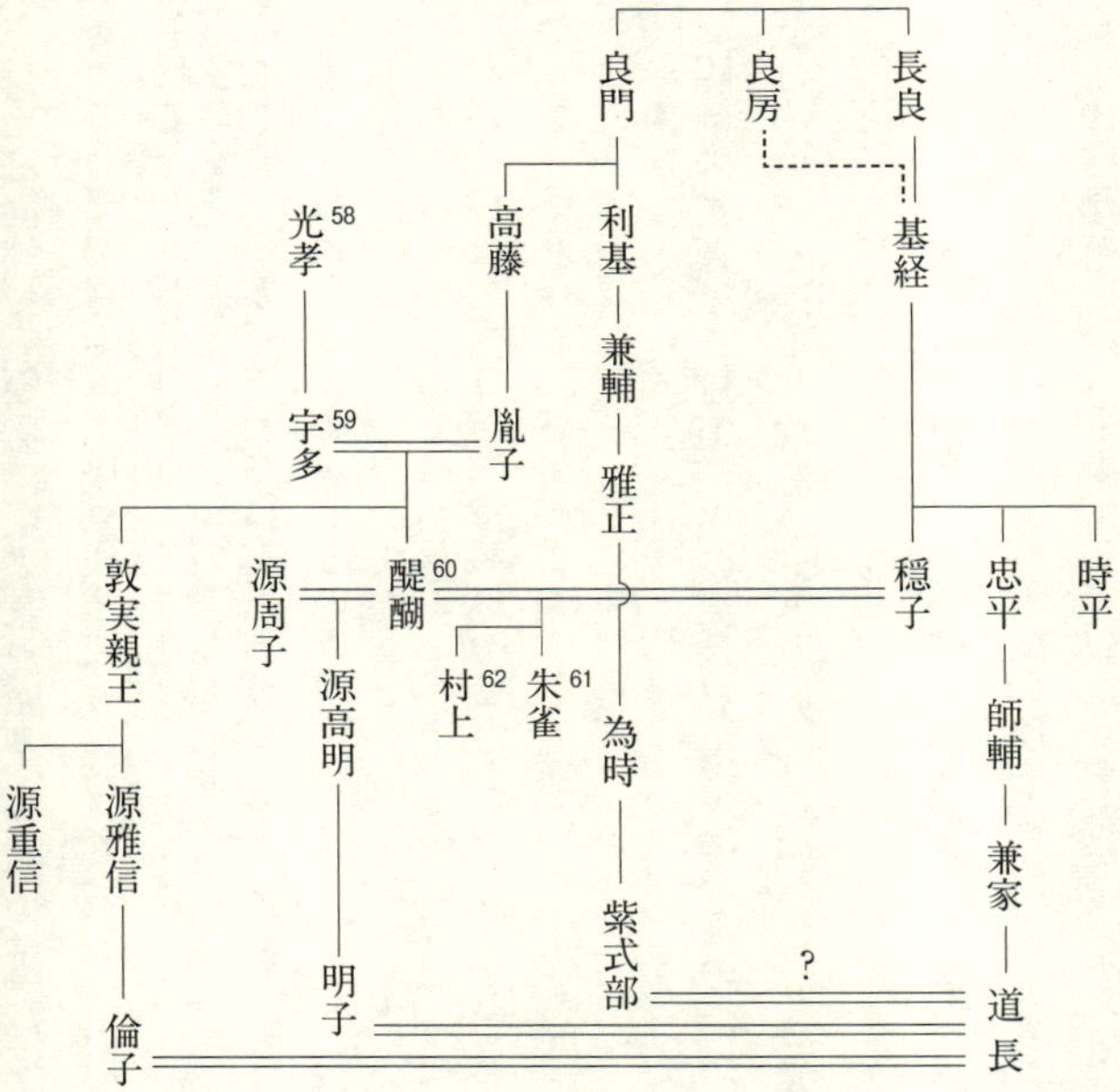

※数字は天皇の代数を示す

ところが、親交の深かった師輔が亡くなり、師輔の子息の時代になると、源高明は孤立することになった。

師輔には伊尹《これただ》、兼通《かねみち》、兼家《かねいえ》（道長の父）らの子息がいて、出世争いをしていた。彼らにとって、源高明のような有能な源氏の政治家は、藤原一族にとって目障りな抵抗勢力だと感じられたのだろう。

安子が産んだ三人の皇子のうち、順番から言えば二番目にあたる為平親王が皇嗣に選ばれなかったのも、為平親王が源高明と姻戚関係にあったからだ。源高明は娘を為平親王に嫁がせて、男児が三人も生まれていた。もしも為平親王が皇位に就き、この男児が皇位を継承するようなことがあれば、源高明が外戚となってしまう。

やがて源高明は、謀反を企んだという冤罪事件に巻き込まれて、菅原道真と同じように大宰府に左遷された。源高明の場合は、短い期間で罪を許され、京に呼び戻されたのだが、政治家としては失脚したままで生涯を終えることになった。

宇多天皇から始まった親政の時代は、村上天皇を最後として終わり、再び藤原摂関家の時代が始まった。源高明の失脚は、その象徴的な事件だった。

藤原兼家の雌伏《しふく》の時代

村上天皇の跡を継いだ冷泉天皇は奇矯なふるまいが多く、弟の円融天皇に譲位させられた。そこから先は、冷泉と円融という兄弟の子孫が、交互に皇位を継承するという、二系列の皇統が併存する時代になっていく。すなわち円融の次は冷泉の皇子の花山《かざん》、次は円融の皇子の一条、さらに花山の弟の三条という具合に、天皇が目まぐるしく交代していくことになる（図6参照）。

父から子への継承には、子が育つまでの時間が必要なので、天皇の在位期間は長くなりがちだが、皇統が二系統あると、短いサイクルで新たな天皇が誕生することになる。その度に外戚の地位も目まぐるしく交代していく。そのことは摂関家の内部に、激しい権力闘争をもたらすことになった。

その激しい闘いに勝ち抜いて摂関政治の独裁制を頂点に近いところまで高め、子息の道長の前に道を切り開いたのは、師輔の三男の兼家だった。しかし長幼の序が重んじられた時期だから、兼家の前途は多難だった。ここではその兼家の人生を詳細に眺めておきたい。

兼家の長兄の伊尹は冷泉天皇の関白をつとめていた藤原実頼《さねより》が没すると、円融天皇の摂

図6　天皇家と藤原家の姻戚関係図〈3〉

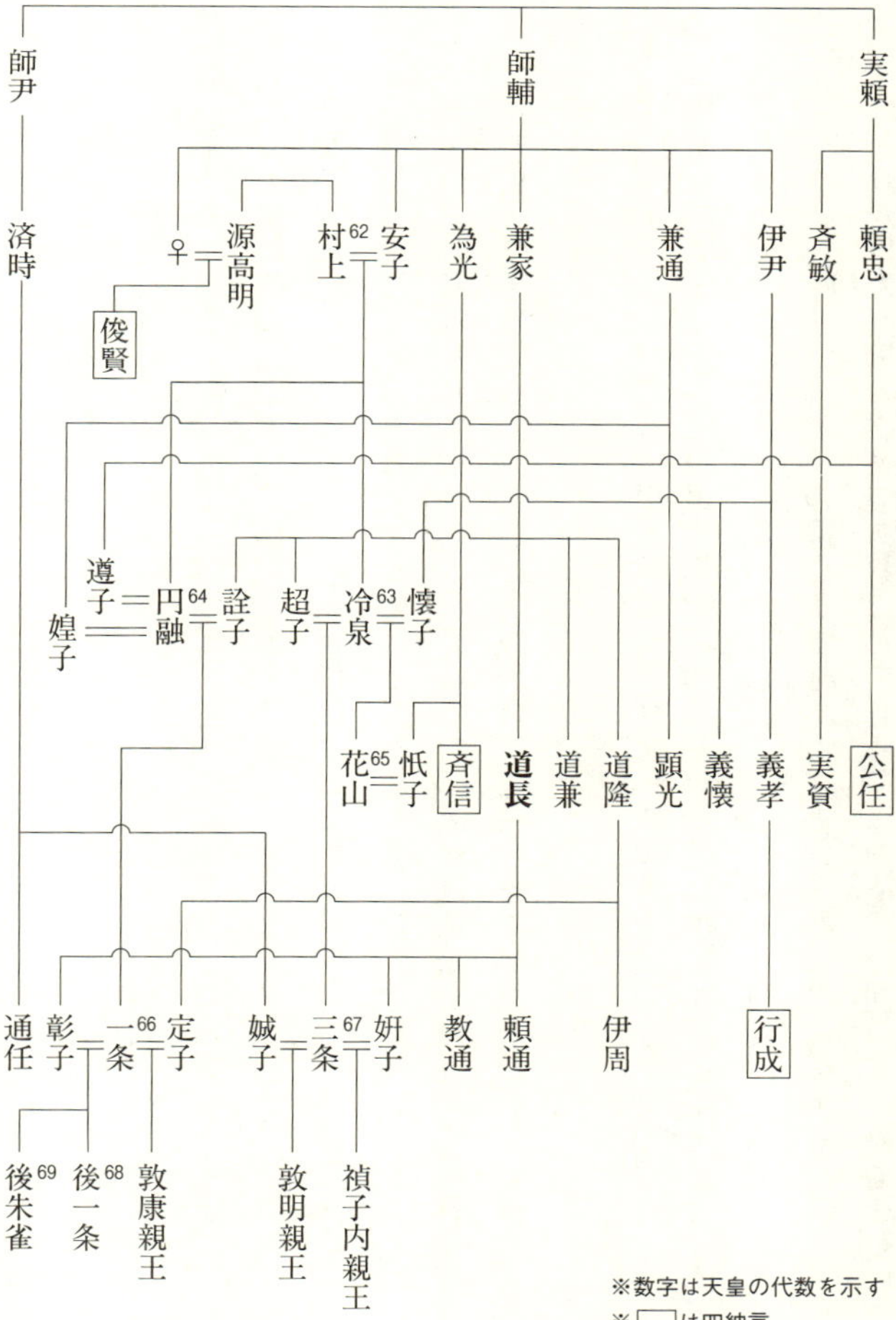

政となって権力の頂点に昇った。円融天皇の母は伊尹の妹の安子だから、摂関政治の創始者の藤原良房と同じ外戚（天皇の母方の伯父）となったわけだ。しかし伯父という立場は弱い。外戚としての権威を揺るぎのないものにするためには、天皇の祖父になる必要がある。

伊尹は娘の懐子《ちかこ》を冷泉天皇の後宮に入内させ、のちに花山天皇となる皇子を産ませていた。しかし冷泉天皇は弟の円融天皇に譲位してしまった。

その同じ時期に、三男の兼家は、次兄の兼通に先んじて中納言に昇り、さらに兄の伊尹が摂政になると権大納言に抜擢された。その時点で次兄の兼通は参議にすぎなかった。これは兼家が長兄伊尹の側近として活動していたからだ。兼家は未来を見据えて布石を打ってもいた。娘の超子《とおこ》を冷泉天皇に、詮子を円融天皇に入内させていたのだ。超子はのちの三条天皇を産み、詮子は一条天皇を産むことになる。

ここまでは兼家の思いどおりの展開だった。さらに長兄の伊尹が、孫の花山天皇の即位を待たずに没した。兼家にとっては最高権力者の座が目の前にあるように見えたはずだった。ところが、思いがけないことが起こった。自分よりも序列が下位だった次兄の兼通が、すでに亡くなっていた妹の中宮安子の遺言状と称する文書を円融天皇に奏上した。

円融天皇はそれが母の直筆の文書であることを認め、母の遺言に従って、兼通を関白に任じた。さらに兼通は娘の媓子《てるこ》を円融天皇の中宮として入内させ、次の時代への布石とした。

兼家の雌伏の時はさらに続いた。次兄の兼通が死去すると、関白の座は冷泉天皇の時代に関白をつとめていた伯父の藤原実頼の子息の頼忠《よりただ》に引き継がれることになった。媓子が亡くなって空位になっていた中宮には、頼忠の娘の遵子《のぶこ》が立てられた。兼家の娘ですでに皇子を産んでいた詮子は、女御のままでとどめ置かれた。兼家としては目の前にあったはずの権力の座がどんどん遠のいていくように感じたことだろう。

兼家にもわずかな希望が残されていた。冷泉天皇の弟として皇位を引き継いだ円融天皇は、冷泉天皇の直系の花山天皇に引き継ぐまでのつなぎの天皇と見られていた。その不安定な立場を自覚していた円融天皇は、詮子が産んだ皇子（のちの一条天皇）を皇嗣に立てることを条件に、花山天皇に譲位することになったのだ。

花山天皇の母は、三兄弟の長兄伊尹の娘の懐子だが、伊尹はすでに亡くなっている。後見を失った花山天皇の在位が長くはないことを兼家は予見していた。実際に花山天皇の在位はわずか二年で終わるのだが、一条天皇の即位がたやすく実現したわけではない。伊尹の五男の藤原義懐《よしちか》が権中納言としてにわかに台頭し、関白の座をうかがい始めた。義懐は懐子の弟だが、花山天皇の外戚（母方の叔父）であることは確かだ。

義懐は花山天皇が手がけた新たな荘園整理の事業の担い手になった。天皇による親政に意欲をもっていた花山天皇のやや強引な改革に、関白の藤原頼忠が異を唱えた。政務に混乱が生じると、花山天皇は親政への意欲を失い、寵愛していた女御（藤原為光《ためみつ》の娘の忯子《やすこ》）が病死した失意もあって、出家を決意する。

花山天皇の出家の決意は、一時の気の迷いだったのかもしれない。だがそのチャンスを兼家は逃さなかった。蔵人をつとめていた正室の次男の道兼《みちかね》（道長の次兄）に命じて、内裏に牛車《ぎっしゃ》を差し向け、花山天皇を山科《やましな》の元慶寺《がんぎょうじ》に案内して強引に出家させてしまった。道兼は自分も出家するから一緒に剃髪《ていはつ》しようと欺《だま》し、天皇が剃髪したところで、そのまま天皇を寺に置き去りにして、自分は逃げ帰ってしまった。

この兼家の次男道兼の働きによって、花山天皇は在位二年で譲位し、円融天皇の皇子で詮子が産んだ七歳の一条天皇が即位した。ついに兼家は天皇の外戚（母方の祖父）となった。天皇が代われば、それまでの関白（頼忠）は免職となる。兼家が摂政となり、政務を独裁することになる。むろん幼帝の一条天皇に皇嗣となる皇子はいない。花山天皇の一一歳の弟が皇嗣に立てられた。のちの三条天皇だ。天皇よりも皇太子の方が年長という異例の事態となった。

皇太子の母はすでに亡くなっていたが、その母は兼家の長女の超子なので、兼家は天皇と皇太子の双方の外戚（いずれも母方の祖父）となった。生来病弱であった一条天皇に万一のことがあったとしても、兼家の権勢は揺るがない。

長い雌伏の時は終わり、兼家はついに盤石《ばんじゃく》の権勢を掌中に収めた。

いよいよ、藤原道長と紫式部が登場することになる。父の兼家同様、正室の三男に生まれ、権力の座からは遠い位置にいた道長が、いかにして権力の頂点に昇りつめたのか。そして、その道長に対して、紫式部はどのように関係していったのか。章を改めて語ることにしよう。

第三章　摂関家の権威と専横

藤原兼家《かねいえ》の独裁政権

ここまでは、藤原摂関家の歴史と、抵抗勢力としての源氏一族について語ってきた。抵抗勢力の中には、在原業平《ありわらのなりひら》のような源氏ではない元皇族も含まれるし、菅原道真《すがわらのみちざね》のような儒学者も含まれるのだが、紫式部の時代の人々にとっては、直近の事件と言える源高《たか》明《あきら》の悲劇が強く印象に残っていたのではないだろうか。

光源氏のモデルの候補として源高明の名が挙がるのも、『源氏物語』がフィクションではあるものの、醍醐《だいご》天皇から村上天皇にかけての時代を念頭に置いて書かれていることが明らかだからだ。そこには確かに、摂政や関白のいない天皇による親政の世があったし、仮名文字による和歌や物語などの国風文化が花開いた時代でもあった。

注目しなければならないのは、『源氏物語』が書かれたのが、藤原道長《みちなが》の父兼家が摂政となり、絶対的な権勢を確立した時代だったということだ。

わたしが『源氏物語』を「反体制文学」と呼ぶ時の、「体制」というのは、この兼家が確立した摂関政治の黄金期の体制を指している。

そこにはまだ、道長は登場していない。しかし道長が歩んだ道は、すでに父の兼家によって開拓されていたのだ。道長は父が敷いたレールの上を粛々と進んでいったにすぎない。この「粛々と」というところが、道長の特色かもしれない。雌伏の時期が長かったせいもあって、兼家の権力志向はあからさまで強引なものだった。そのため摂関家そのものに対する批判が蔓延《まんえん》することになった。源氏一族はもとより、傍流の藤原一族の間にも、批判と怨念がくすぶり始めていた。道長はそういう父の轍《てつ》は踏まず、傍流の文官たちを自分の味方に引き込むことによって、徐々に盤石の体制を築き上げていった。

先に示した図6（六三ページ参照）の中で「四納言」と呼ばれる文官を示しておいたが、この四人（藤原公任《きんとう》・源俊賢《としかた》・藤原行成《ゆきなり》・藤原斉信《ただのぶ》）に、小野宮《おののみや》流《りゅう》と呼ばれる藤原北家嫡流の後継者となった藤原実資《さねすけ》を加えた文官たちが、のちに側近として道長の政権を支えることになる。しかし道長とほぼ同世代の彼らは、若いころは道長のライバルであり、出世争いでは道長よりも上位に位置していた者もいた。その時点では、道長の前途もまた多難だったのだ。

そのあたりの経緯は、道長の『御堂関白記《みどうかんぱくき》』、行成の『権記《ごんき》』、実資の『小右記《しょうゆうき》』といった日記が残っているので、かなり詳細に確認できる。最初は道長と距離を置いていた文官たちが、次第に側近として道長を支えていく過程を見れば、道長の度量の大きさを見てとることができる。

さて、道長の父の兼家に話を戻そう。やっとのことで摂政の地位にたどりついた兼家だったが、その前途にはまだ問題が山積していた。太政官の中枢である台閣においては兼家は右大臣にすぎず、上位には左大臣の源雅信《まさざね》がいた。

源雅信は藤原道長がのちに入り婿となる源氏一族の長老であり、紫式部とも浅からぬ縁がある（六〇ページの図5参照）。

源雅信は宇多《うだ》天皇の皇子で醍醐天皇の同母弟の敦実《あつざね》親王の嫡男にあたる。宇多天皇の孫、醍醐天皇の甥、村上天皇の従兄ということになる。母は藤原時平《ときひら》の娘なので、摂関家の血も入っている。

一七歳の時に臣籍降下して源氏となり、侍従として村上天皇に仕えた。その後も蔵人頭などをつとめ、三二歳で参議に昇った。円融天皇とは親交があり、即位後には急速に出世して、中納言、大納言を経て、五九歳で左大臣に昇りつめた。

一条天皇が皇太子に立てられた時には、東宮傅《とうぐうふ》（皇太子の教育係）を担当し、母の詮子《あきこ》とも親交を深めた。

父の敦実親王が琵琶《びわ》の名人であり、その技を受け継いだ。和歌、蹴鞠《けまり》など、さまざまな文化に通じる才人だった。

醍醐天皇の皇子で従兄にあたる源高明よりも、六歳ほど年下にあたる。高明の成長と出世、さらに最後の失脚までを、すぐそばで見てきた人物だ。高明の悲劇を、雅信はわがことのように感じたはずだった。

雅信は文化的な才をもっていたが、文官としては実直なだけが取り柄の人物だったようで、文化に造詣の深い村上天皇からは、生真面目な堅物だと批判されていた。その実直さが幸いして、高明のように目立ちすぎて敵を作ることもなかった。あるいは目立ちすぎてしまった高明の失脚を見て、目立たぬように努めていたのかもしれない。

年功を積んだ人望のある左大臣の存在は、摂政になったとはいえ右大臣にとどめ置かれた藤原兼家にとっては、厄介な抵抗勢力と感じられたことだろう。

兼家は摂政になった直後に、長男の道隆《みちたか》を参議を経ずにいきなり権中納言として台閣に加え、同じ月に権大納言、永延《えいえん》三年（九八九年）には内大臣とした。また花山《かざん》天皇出家のおりに活躍した次男の道兼《みちかね》を参議に加え、権中納言、権大納言と昇進させた。しかしそのことで、傍流の藤原一族から批判を受けることになる。

兼家の味方は二人の子息だけで（のちに台閣に加わった道長は左大臣の入り婿なので味方とは言えない）、二人の子息を優遇したために、自分の弟にあたる大納言為光《ためみつ》はむしろ抵抗勢力となっていた。同じく大納言をつとめる源重信《しげざね》は左大臣の弟だから、兼家は台閣の中では少数派だった。

そこで兼家は、右大臣の職を辞した。台閣から離れた者が摂政をつとめるというのも前例のないことで、暴挙というべきものだったが、台閣から離れてしまえば、台閣での決議を無視して、摂政として政務を独裁できる。

こうなると、台閣での議論はまったく意味をなさなくなる。兼家への批判がさらに高まっていく。抵抗勢力は源氏ばかりではなく、傍流の藤原一族にまで広がっていた。紫式部もまた、そのような傍流の藤原氏の出身だった。

紫式部の出自については、章を改めて述べることにして、ここではとくに強調しておきたいことがある。兼家に対する批判は、兼家のごく身近な親族の間で起こっていたということだ。

その最も顕著な例が、兼家の娘の詮子だった。この詮子も本書の登場人物の中ではキーパーソンと言っていい人物なので、少し詳しく語っておくことにする。

詮子と兼家の対立

藤原詮子は兼家の正室の次女に生まれた。同母姉の超子《とおこ》が冷泉《れいぜい》天皇のもとに入内して三条天皇を産み、詮子は円融天皇のもとに入内して一条天皇を産むことになる（六二ページの図6参照）。そういう意味では、姉と同様、詮子は兼家の期待を負って入内したはずだった。

その時点では、父と娘の利害は一致していた。父は娘が次の天皇を産むことを期待している。娘としても円融天皇に寵愛されて、男児を産み、国母になりたいと切望している。そして詮子は、男児を産むことに成功した。

一条天皇が即位して、詮子は国母となった。しかし超子の産んだ三条天皇が皇嗣に立てられた。兼家はいわば二股をかけたようなもので、どちらに転んでも外戚として君臨できる立場になっていた。また兼家は詮子の異母妹にあたる綏子《やすこ》を東宮女御として、次の世代の天皇の誕生を期待していた。

皇嗣となる男児の誕生は、一条天皇より年上の皇太子（のちの三条天皇）の方が先になる可能性が高かった。しかも一条天皇は幼少のころより病弱だった。父の気持ちが皇太子の方に傾いていくのを、詮子は敏感に察知していたはずだ。

結果としては、綏子は不義密通の疑いをかけられて寵愛を失うことになる。そして兼家の没後のことだが、兼家の従弟（叔父の子）の大納言藤原済時《なりとき》の娘の娍子《すけこ》が皇太子妃となり、敦明《あつあきら》親王が生まれる。このことはのちの道長の時代に大きな問題を残すことになった。

だがそれは先のことだ。わが子を天皇に即位させた詮子にとって、最大の悩みは、父の兼家の気持ちが姉の超子の産んだ皇太子の方に傾いていることだった。

この段階で、詮子は父の兼家を信用できなくなっていた。詮子は聡明で強い意志をもった女性だった。父を敬っても恐れてもいなかった。こういう女性が母として幼い天皇を支配している場合には、外戚（母方の祖父）という立場も安泰ではなくなってしまう。母が天皇を支配し、国政にまで口を出すということも起こりかねない。詮子はそういう女性だった。

詮子には味方が必要だった。目をつけたのは、左大臣の源雅信だ。摂関家の抵抗勢力の長老ではあったが、この人物はかつて東宮傅をつとめたことがあり、その実直な人柄を詮子は評価していた。

源雅信には倫子《ともこ》という娘があった。一条天皇即位の寛和《かんな》二年（九八六年）の時点で、すでに二三歳になっていたが、いまだどの家にも嫁いでいなかった。この年齢は当時としては婚期を逸していると見なされても仕方がなかった。

雅信としても、娘をいずれかの天皇のもとに入内させて、外戚となるという夢を抱かなかったはずはないのだが、源高明の失脚の原因となったのも、娘を皇子に嫁がせたことだった。雅信としても慎重にならざるを得なかった。

時機を見計らっているうちに、天皇や皇太子が急速に若くなって、いまや天皇は七歳、皇太子が一一歳という事態となった。二三歳の娘を入内させるわけにはいかない。雅信としても、娘の行く末が悩みの種だったはずだ。

詮子は四歳年下の弟の道長の母代わりをつとめていた。詮子は一条天皇が生まれてから五歳くらいまでの間、父の邸宅の一つの東三条殿で暮らしていた。そこにはまだ職務のない一五歳の道長が同居していた。従って、道長は赤子から幼児になるまでの一条天皇と、同じ邸内で、親しく交流していたはずだった。

当時の道長は生母を亡くしたばかりだった。末っ子の道長は、まだ母が必要な年齢だ。詮子は一条天皇を育てながら、道長の母代わりとして、弟の将来にも気を配っていた。

詮子が左大臣を味方につけようと画策を始めた時点では、道長は二〇歳過ぎくらいだったろう。父の兼家が摂政になるまでは、かろうじて叙爵《じょしゃく》（五位に叙されること）された従《じゅ》五位下の位階で、右兵衛権佐《うひょうえごんのすけ》という、まったく冴《さ》えない立場だった。

すでに父の側近として台閣に加わっている二人の兄たちとも距離をとっていた詮子は、弟の道長を可愛がり、頼りにもしていた。この弟を左大臣と結びつければ、強い味方になってくれるのではないか。これが父と不仲になり、追い詰められた詮子の思いついた、最後の手段とも言える秘策だった。

源雅信の正室の穆子《あつこ》は、村上天皇の時代に中納言をつとめた藤原朝忠《あさただ》の娘だった。朝忠は『小倉百人一首』にも和歌が選ばれた才人で、その父の三条右大臣と呼ばれた藤原定方《さだかた》も、『小倉百人一首』に和歌が選ばれている。穆子はそういう和歌の名門の出身だった。

穆子の祖父にあたる三条右大臣定方は、醍醐天皇の実母の女御藤原胤子《たねこ》の同母兄にあたる。父の藤原高藤《たかふじ》は藤原北家の末流にすぎなかったが、醍醐天皇の外戚（母方の祖父）とな

図7　天皇家と藤原家の姻戚関係図〈4〉

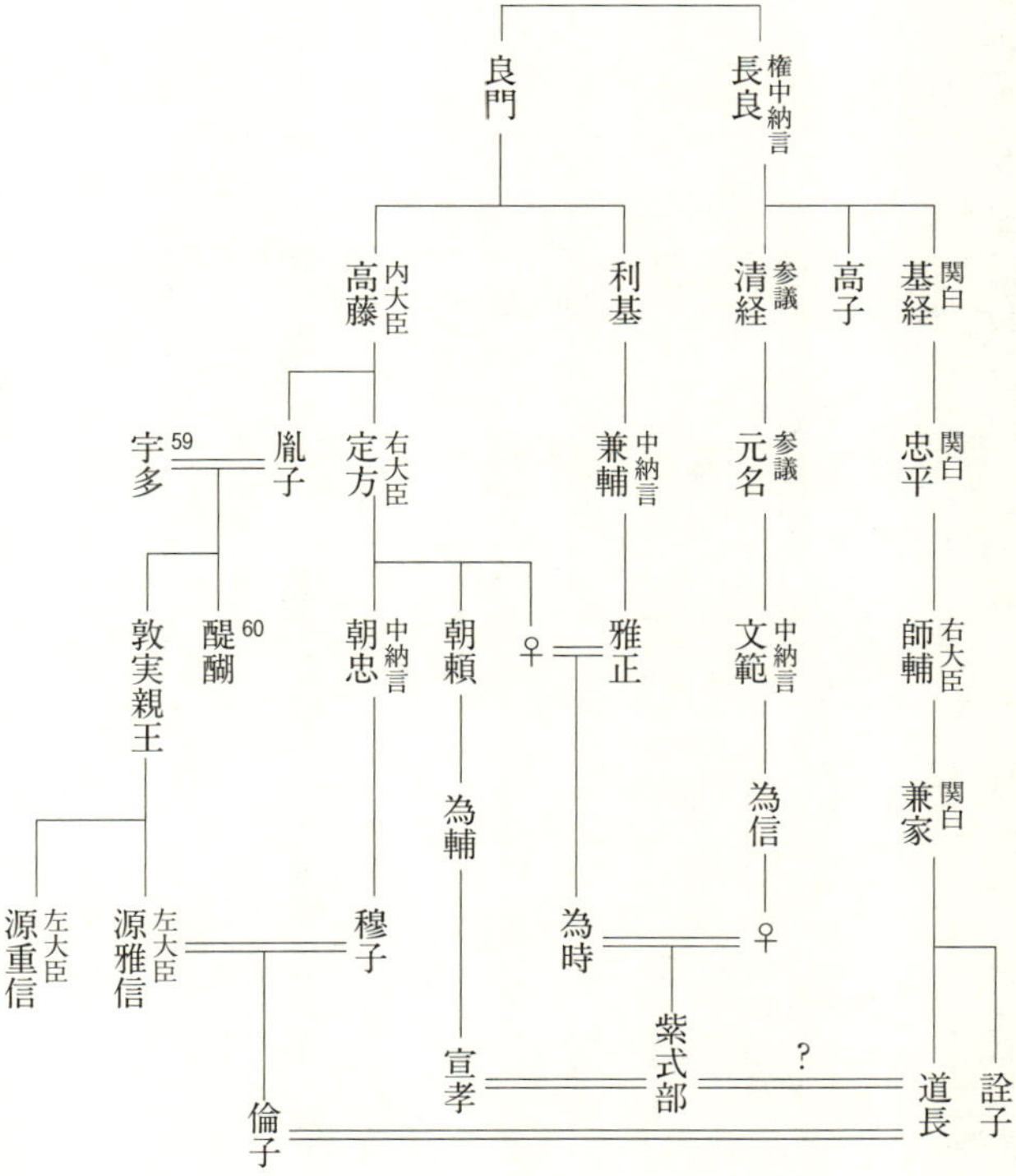

※数字は天皇の代数を示す

ったため内大臣に昇り、そこから定方、朝忠と、公卿を輩出することになった。

ちなみにその朝忠の姉妹が嫁いだのが、高藤の兄の利基《としもと》の家系の藤原雅正《まさただ》で、生まれたのが紫式部の父の藤原為時《ためとき》という関係になる。従って、紫式部にとって穆子は、父の従姉《いとこ》ということで親戚なのだ（前ページの図7参照）。

穆子は摂関家からは遥《はる》か昔に分離した末流とはいえ、公卿を輩出した名門の家系だという自負をもっていた。朝忠は男児に恵まれず、そこで家系が途絶えてしまった。穆子の妹が、穆子の夫雅信の弟である大納言源重信に嫁いでおり、姉妹で源氏一族の妻となったので、穆子自身も源氏の一員になったという思いはあったはずだが、娘の縁談が摂関家から舞い込んだことは、傍流藤原氏出身の穆子としては、思いがけない喜びだったろう。

逆に夫の雅信は困惑したはずだ。雅信は兼家の横暴には批判的だったはずで、まったく乗り気ではなかったに違いない。だが、国母の詮子から来た話なので、断るわけにもいかなかった。妻が喜んでいることでもあり、雅信としても、婚期を逸した倫子のことを思えば、摂関家と姻戚を結んでおくのが得策だと考え直したようだ。

源氏の入り婿となった道長

当時は入り婿婚が一般的だった。名門貴族の嫡男の場合でも、とりあえずは正室の親の邸宅に入り婿となり、自分の父が亡くなったり、引退して別荘に移ったりしたのち、父の邸宅を受け継いで、そこを本拠とすることになる。

道長の場合は正室の三男で、継ぐべき邸宅をもっていない。実際に義父の左大臣雅信の邸宅で晩年まで過ごすことになった。つまり道長は、完全な入り婿状態だったわけだ。しかも正室の倫子は道長より二歳年上だから、妻に対して頭が上がらない立場だったのではないかと思われる。

元皇族であり、長く台閣の最高位の左大臣をつとめた源雅信は、土御門大路と京の東の端の京極大路（東京極大路）が交差する場所に、土御門殿と呼ばれる大邸宅を構えていた（一八ページの図1参照）。

東京極大路の先は洛外《らくがい》であり、土御門大路も大路としては北端の一条大路の一本南ということで、土御門殿は平安京の北東の端に位置している。本来なら辺鄙《へんぴ》な場所であり、北東の方角は艮《うしとら》と呼ばれて鬼門でもあるのだが、中国の長安を模して碁盤の目のような街路をもった平安京は、西側は水捌《みずは》けに問題があって、利用が進まなかった。

皇居の平安宮は京の北端に位置しているので、結局のところ、京の北東部は貴族の邸宅が建ち並ぶ中心地となっていた。のちには京の街は鴨川《かもがわ》を越えて、さらに洛東に広がっていくことになる。

このあたりは湧き水を利用した染め物が盛んだった。土御門殿よりもさらに北にあった藤原良房《よしふさ》の邸宅は、染殿《そめどの》と呼ばれていた。そこにはかつて清和《せいわ》天皇の母となった明子《あきらけいこ》が住んでいた。

藤原道長は土御門殿の入り婿となり、雅信の没後は、雅信の弟の重信が住んでいたと思われる隣地も買い増して壮大な邸宅とした。その隣地には姉の詮子が住んでいた時期もある。娘の彰子《あきらこ》が後一条天皇を産んだのもこの地で、そのことは『紫式部日記』にも詳しく書かれている。

詮子が住んでいた邸宅はのちには彰子の邸宅となり、土御門大路が平安宮の上東門《じょうとうもん》に通じていることから、女院《にょういん》（天皇の母等に与えられる尊称。九一ページ参照）となった彰子は上東門院と称された。

道長は東京極大路の向かい側の土地も購入して、晩年に法成寺《ほうじょうじ》という寺を建立した。九体《くたい》の阿弥陀仏《あみだぶつ》を安置した大寺院だった（現存していない）。

藤原道長の日記は『御堂関白記』と呼ばれる。その「御堂」とは、当時は無量寿院《むりょうじゅいん》と呼ばれた法成寺のことで、間に大路を挟んでいるとはいえ、土御門殿と法成寺の広大な敷地は一体のものであった。

左大臣家の入り婿となったのは永延元年（九八七年）の一二月だとされるが、その直後の永延二年の正月の叙任で、道長は参議を経ずにいきなり権中納言に任じられた。これは明らかに、左大臣源雅信の支援によるものだろう。兼家としても、三男の道長が台閣に入るのは、歓迎するところだったはずだ。

ところで、土御門殿に入り婿となる前に、道長にはすでに通っている女がいた。詮子や道長が住んでいた東三条殿の小路を挟んだ南側には、高松殿という邸宅があった。失脚した源高明の別邸で、高明が失脚したあと、叔父の盛明《もりあきら》親王の養女となっていた末娘の源明子《あきこ》が住んでいた。道長よりは一歳年長で、道長は若いころから明子のもとに通っていた。

すでに台閣に入っていた二人の兄のところには、多くの貴族から、娘のもとに通ってきてほしいという申し出があっただろうが、三男の道長にはそのような申し出もなく、道長は明子だけを寵愛していた。年上の正妻の倫子に、明子との付き合いだけは認めてもらったようで、道長は土御門殿に居住しながら、時々は高松殿に通っていた。

独身だった道長が明子のもとに通うようになったのも、おそらく姉の配慮だろう。欲望の捌け口を求めて下級の女のところに通うようになっては、姉としても心配だ。謀反の疑いをかけられて失脚した源高明の娘とはいえ、皇族出身の高貴な血筋だから、摂関家の子息の相手として不足はない。

詮子は道長の母代わりのようなもので、側室の世話だけでなく、正室まで見つけてきた。左大臣家への入り婿という話をまとめる時に、すでに側室がいることも話して認めさせたのだろう。左大臣の雅信としても、同族の源高明の娘ということであれば、認めるしかなかったはずだ。

正室の倫子は二男四女、側室の明子は四男二女を産んだ。当初は道長にはほかに妻妾はいなかった。晩年、紫式部の同僚の女房で、源式部《げんしきぶ》と呼ばれた源重文《しげふみ》の娘（名は不明）が男児を産み、のちに東寺法務僧正となっている。ほかにも何人か、愛妾ができたようだ。だが若いころは、側室は明子しかいなかった。正室倫子の目がよほど怖かったのだろう。

左大臣の源雅信のところに婿に入り、愛妾は失脚した源高明の娘だけというのだから、道長は源氏一族と強い絆《きずな》で結ばれていたことになる。

正室の倫子が二男四女を産んだことはすでに述べたが、重要なのは四人の娘だ。跡継ぎの男児も大事だが、道長にとっては四人の女児の方が大事だった。その四人が別々の天皇

図8　天皇家と藤原家の姻戚関係図〈5〉

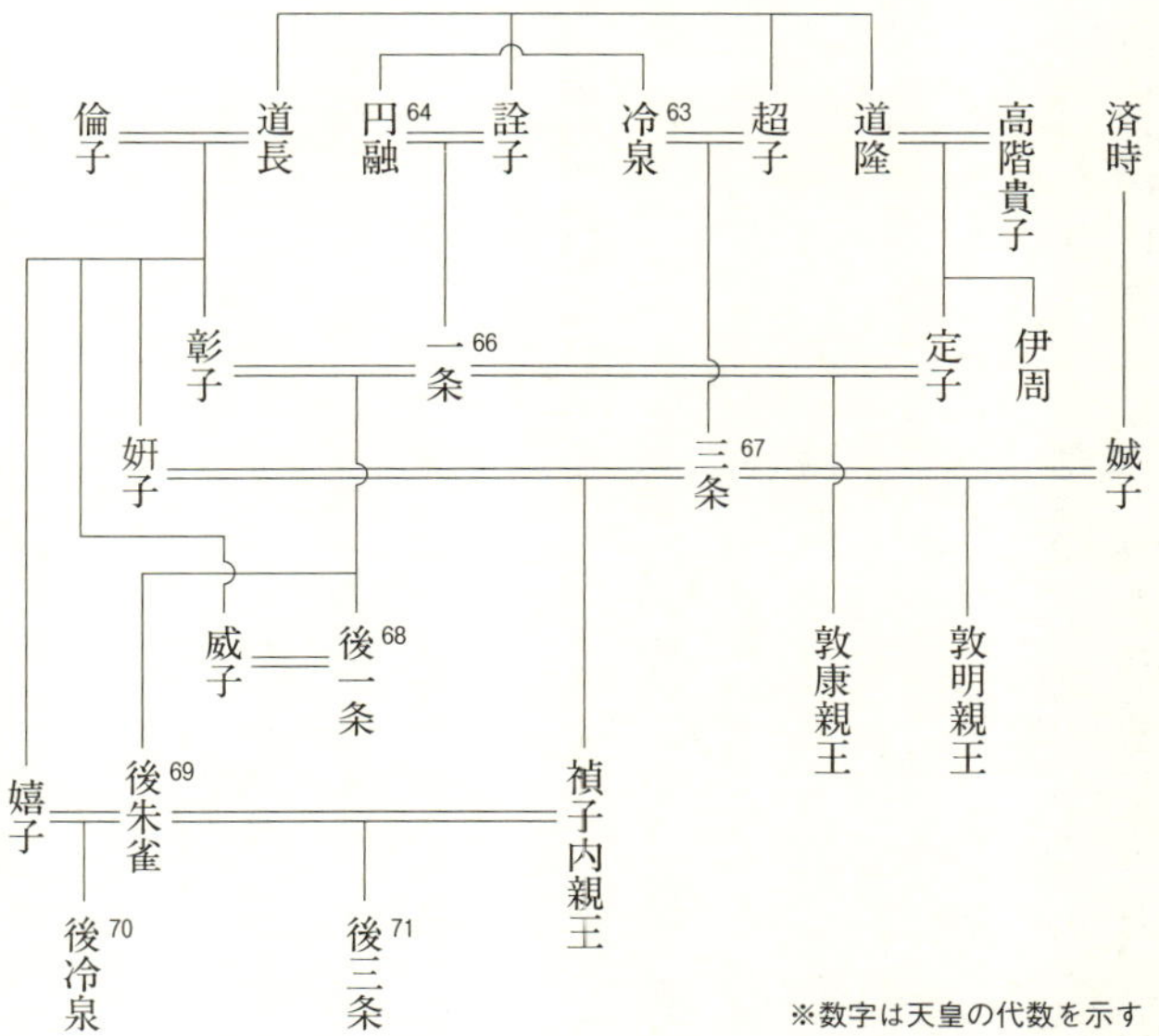

※数字は天皇の代数を示す

のもとに入内することになる。

長女彰子は一条天皇、次女妍子《きよこ》は三条天皇、三女（明子の娘を入れると四女）威子《たけこ》は後一条天皇、四女（同六女）嬉《よし》子《こ》は後朱雀《ごすざく》天皇（当時は皇太子だった）のもとに、それぞれ入内している（図8参照）。

倫子と明子に六人ずつ子どもができたのだから、道長は二人の妻を平等に愛したとも言えるのだが、倫子が正室であることは明らかで、子どもたちのその後には明確な差があった。倫子の長男の頼通《よりみち》が道長の権勢を引き継いで摂政関白となり、同母弟の教通《のりみち》も兄から関白を引き継いでいる。

これに対して明子の二人の娘は入内することはなかったし、四人の子息の出世も倫子の二人と比べれば大幅に遅れることになった。早くに亡くなった一人を除き、三人は頼通に仕えることで、やがて公卿となったのだが、三男（倫子の男児を加えると四男）の能信《よしのぶ》は、頼通や教通に対して反抗的な態度を崩さなかった。

やがてこの人物が、摂関家の没落を招き寄せることになる。

兼家の栄光と挫折

本書の主役の一人である藤原道長がいよいよ登場した。だが、反体制文学としての『源氏物語』の書き手の紫式部や、最初の読者となった女房たちはまだ全貌を見せていない。彼女たちがかかえていた不満や鬱屈の対象は、かつてないほどの独裁者となった摂政兼家だった。『源氏物語』の読者のニーズと、作者である紫式部のモチベーションを明確にするためには、あとしばらくの間、道長の父、藤原兼家の専横の経過を押さえておきたい。

摂政にして内覧となった兼家だったが、その外戚の地位は完全ではなかった。なぜなら一条天皇の父の円融天皇が、上皇としてまだ生存していたからだ。母方の祖父という外戚が天皇を支配できるのは、あくまでも天皇の父が不在の場合だ。父が上皇として生存していれば、本来は上皇の方に権威があるはずだった。

しかしながら、円融上皇はもともと権威のない天皇だった。さらに兼家の娘の詮子は気丈な母親で、一条天皇をしっかりと後見した。かつて女御にすぎなかった詮子の上には、元関白藤原頼忠《よりただ》の娘の遵子《のぶこ》という中宮があったのだが、いまや詮子は、皇太后という地位になっていた。皇后、中宮、女御の序列を超えた、後宮の最上位に立っていたのだ。

皇太后となった詮子は、かつて住んでいた父の邸宅の東三条殿から内裏に入った。幼帝と同居することで、天皇を完全に支配する。こうなると、詮子が一条天皇を囲い込んだことになり、父の円融上皇の立ち入る隙はなくなった。だが同様に摂政の兼家も、一条天皇とのつながりが断たれてしまった。

すでに述べたように、兼家は長男道隆を内大臣、次男道兼を権大納言に抜擢して、台閣を身内で固めた。さらに長男の正室貴子《たかこ》の父にあたる高階成忠《たかしなのなりただ》を、非参議だが従三位《じゅさんみ》に叙した。一条天皇が皇太子であった時の東宮学士ではあるが、子息の縁者の一介の儒学者にすぎぬ人物をいきなり公卿に列したことになる。なお、この高階成忠の娘の貴子が産んだのが、のちに一条天皇の中宮となる定子《さだこ》だ。清少納言が仕え、『枕草子』で描いた才色兼備の寵姫だった。

これに対して円融も政務に介入を始めた。同じ年に、大蔵卿《おおくらのかみ》の源時中《ときなか》が参議に任じられた。時中は左大臣源雅信の先妻が産んだ長男だから、抵抗勢力の強化という思惑があったようだ。台閣では左大臣雅信の弟の重信も大納言をつとめている。源氏一族を強化して、摂関家に対抗させようというのだろう。この源時中は道長にとっては義兄にあたる。のちに大納言に昇り六〇歳で没している。

円融は前関白頼忠の甥にあたる藤原実資を参議に任じるように要請した。道長より九歳年長の小野宮流藤原氏（忠平の長男実頼《さねより》を祖とする）の嫡流で、道長に対しては長く対立することになる人物だが、最終的には協力者となって右大臣に昇ることになる。また頼忠の長男公任も、このころから摂関家嫡流の兼家や道隆の抵抗勢力になっていく。この公任はのちに道長の四納言の一人となっている（六三ページの図6参照）。

実頼、頼忠という関白を出した嫡流の小野宮流藤原氏だけでなく、兼家の二人の兄の家系も、兼家の子息たちの隆盛の陰で、没落の一途をたどることになる。結果として、兼家は自分の子息以外のすべての藤原一族を敵に回すことになってしまった。

長男道隆の専横が始まる

一条天皇は生来、病弱だった。何度も危篤だと判断された。そのために各地の神社に詣でたり、菅原道真の霊を祀った北野天満宮を勅祭の神社に加えるなど、手を尽くして神頼みをしている。陰陽師《おんみようじ》の安倍晴明《はるあきら》が重用されるようになったのも、一条天皇の病魔を祓《はら》ったからだとされている。

しかし元気な時の一条天皇は、笛の名手とされ、和歌集や物語を好む文化人として育っていた。

兼家が摂政となって四年目の永祚《えいそ》二年（一一月に改元して正暦《しようりやく》元年／九九〇年）正月、一条天皇が元服すると同時に、兼家の長男道隆の娘、定子が女御として入内することとなった。

一条天皇は一一歳。定子は一五歳。性的な関係のないカップルで、「添臥《そいぶし》の后」あるいは「雛遊《ひなあそ》びの后」と言われた。皇子の誕生は早急には期待できない。しかし摂政の子息の内大臣の娘が入内したことで、摂関家の未来が展望できるようになった。

やがて道隆の時代がやってくる。何年か後に娘の定子が男児を産み、その皇子が次の天皇となれば、道隆が外戚として君臨することは間違いない。兼家が築いた新たな摂関家の家系が、揺るぎのないものになっていく。

そのことに安堵《あんど》したのか、兼家は病魔に倒れた。

享年六二。わずか四年の権力の座だった。

一条天皇の元服によって、兼家は関白の座に就いていたが、死期を悟って出家し、関白を長男の道隆に譲った。いったんは道隆に関白の宣旨が出たものの、間を置かずに摂政に変更された。元服したとはいえまだ幼帝であり、病気がちであることもあって、内覧を委ねられる関白ではなく、幼帝が全権委任する摂政に改められたのだろう。三年後、一条天皇が一四歳になった時、改めて道隆に関白の宣旨が出された。

摂政関白の座を父から譲られた藤原道隆は三八歳。

天皇の母方の伯父という、外戚としてはやや弱い立場ではあるが、翌年の正暦二年には一条天皇の父の円融上皇が三三歳で崩御することになる。

道隆は絶対的な権力者にのしあがっていく。まず手をつけたのは、女御として入内させた娘の定子を、中宮に立てることだ。

ところがそこには問題があった。円融上皇の中宮遵子《のぶこ》（関白藤原頼忠の娘）がまだ中宮のままだったのだ。

中宮とは、本来は天皇の住居のある王宮の中央部分のことで、その奥の妻妾のいる場所を後宮と呼んでいたのだが、のちには妻妾の中で正室にあたる皇后の住居とされ、さらに皇后そのものを中宮と呼ぶようになった。

従って、中宮とはすなわち皇后のことだ。先の天皇の正室は皇太后、そのもう一つ先の正室は太皇太后と呼ばれ、併せて三后と呼ばれていた。

ところが同じ円融上皇の妻である詮子が皇太后になっていたので、遵子を皇太后にするわけにはいかなかったのだ。そのままでは、定子を中宮に立てるわけにはいかない。

そこで道隆は、前例を無視した暴挙に出た。

遵子を皇后に立て、定子を中宮としたのだ。

円融上皇の推挙で参議になっていた小野宮流の藤原実資は、『小右記』と呼ばれる日記に、「驚き奇《あや》しむこと少なからず……皇后四人の例、往古聞かざる事なり」と書き付けている。ここで皇后四人と書いているのは、三后に新たに皇后とは別に中宮を立てると、四后になってしまうということだ。この時にはまだ、冷泉天皇の中宮だった昌子《まさこ》内親王が太皇太后として健在だったので、実際に四人の皇后が存在することになってしまった。

これはまったく異例のことで、道隆の暴挙は、傍流の藤原一族にとっては、許しがたい専横と感じられたことだろう。

道隆はこの時、弟ですでに権中納言になっていた道長を、中宮大夫《だいぶ》（中宮職《しき》の長官／つまり定子の後見役）に起用したのだが、道長は亡父の服喪を理由に立后の儀式には参加しなかった。左大臣源雅信の入り婿となった道長は、源氏一族の一員として、摂関家嫡流の兄とは距離をとろうとしていた。

定子が中宮となったことで、一条天皇の母の詮子は内裏から退出し、元の東三条殿に戻っている。このあたりは嫁と姑《しゅうとめ》の対立が始まっているようでもあり、道長は姉の気持ちを忖度《そんたく》して立后の儀式に参加しなかったのかもしれない。

父の兼家と円融上皇の死で、道隆の前に立ちはだかる者は皆無だった。

道隆の独裁はさらに続く。定子の母の貴子を正三位に叙し、その父の高階成忠を従三位から従二位に格上げした。さらに弟の道兼を権大納言から内大臣に引き上げ、子息の伊周《これちか》を参議として台閣の一員に加えたばかりか、同じ年に権中納言に昇格させた。この時、権中納言だった道長は権大納言となった。

こうした身内の格上げの極めつきが、妹の詮子を女院に立てたことだ。

詮子は夫の円融上皇の崩御で服喪し、出家して落飾（剃髪ではなく髪を短くする）した。

従って皇太后からは退いたのだが、道隆はこの詮子に院号を与えた。

院というのは、宇多上皇のために院庁という役所が置かれ、上皇が宇多院と呼ばれたのが始まりで、それ以後は上皇を院と呼ぶ習わしになっていた。

女院というのは皇太后を上皇と同等に扱う制度で、もちろん前例のないことだった。詮子は住居の名称をとって東三条院と呼ばれ、皇太后から退いても、同様の待遇が得られることになった。平安時代の末期、源平合戦のころになると、建春門院《けんしゅんもんいん》滋子《しげこ》、建礼門院《けんれいもんいん》徳子《とくこ》など、やたらと女院の名が出てくるようになるのだが、その女院という制度は、ここから始まったのだ。

この異例の特別措置には、心ある文官の多くが批判の目を向けることになった。この道隆という若き独裁者の暴走に対しては、皇族や源氏一族だけでなく、藤原という氏姓をもつ傍流の一族の大部分も、抵抗勢力の側に結集する状態になったのではないかと思われる。

道隆の死と伊周の台頭

長徳《ちょうとく》元年（二月に改元されるまでは正暦六年／九九五年）は運命の年だ。

麻疹《ましん》あるいは天然痘かと思われる疫病の流行もあり、台閣の上層部六人が、この年のうちに病没することになった。

この年の三月初の時点の、権大納言以上の公卿の内、この年の末の時点で生存していた者は、道隆の子息の伊周と、道長の二人だけだ。

関白藤原道隆（四三歳／没）。

左大臣源重信（七四歳／没）。

右大臣藤原道兼（三五歳／没）。

内大臣藤原伊周（二二歳／生存）。

大納言藤原朝光《あさてる》（四五歳／没）。

同藤原済時（五五歳／没）。

権大納言藤原道長（三〇歳／生存）。

同藤原道頼《みちより》（二五歳／没）。

左大臣源雅信は、二年前に病没して、弟の重信が左大臣を継いでいた。源氏はこの重信一名にすぎない。

道長とともに権大納言で並んでいる藤原道頼は、伊周の異母兄で、台閣の高官の大半が、摂関家嫡流（道隆と道兼の一族）で占められていた。

大納言の朝光と済時は兼家の父の師輔《もろすけ》の孫と甥でもはや傍流と言ってよい。彼らと、源氏に入り婿となった道長は、摂関家嫡流に対しては距離をとっている。とはいえ道隆の暴走を止めるほどの力はない。

道隆と道兼という兄弟の結束は固く、摂関家嫡流の勢力は揺るぎがないように見えた。しかし、その栄光は、突如として崩壊することになった。

道隆の病は、伝染病ではなかった。美食と過度の飲酒による糖尿病だと言われている。四三歳の若さだった。

危篤となる直前に、病床の道隆は関白の世襲を願い出たのだが、一条天皇は世襲を認めず、嫡男の伊周に内大臣のままで暫定的に内覧をつとめるように命じた。職務の内容は関白と同じだが、関白という名称を許さなかったところに、若き一条天皇の強い意志が感じられる。

聡明な一条天皇は、国の本来のありかたは、天皇親政によるべきだという考え方をもっていたのだろう。その背後には母の詮子の意向もあったかもしれない。

危篤の父を看取《みと》った中宮定子は、父の死後わずか二日目に、内裏に戻った。服喪期間を無視したこの還御《かんぎょ》（行幸先から戻ること）は、前例のない暴挙だった。これは伊周による強引な画策だろうと思われる。関白の世襲を妹から直接一条天皇に懇願させようとしたのだろう。

道隆が没するのとほとんど同時期に、台閣の長老たちが次々に疫病に倒れた。道隆の死で臨時に関白となった道兼も間を置かずに病没して「七日関白」と呼ばれた。

生き残っているのは内大臣藤原伊周と、権大納言藤原道長だけだった。

藤原伊周、二二歳。

藤原道長、三〇歳。

この時、詮子は弟の道長を関白に任じるように一条天皇に求めたと伝えられる。

定子は当然、兄の伊周の関白就任を求めている。

寵愛する妻の懇願と、母の意向。一六歳の一条天皇は板挟みになって苦悩したはずだ。

一条天皇は母を選んだ。

五月、権大納言藤原道長に、内覧の宣旨が下された。

関白職ではなく、内覧の職務だけが道長に与えられた。左大臣、右大臣、内大臣、大納言の下に位置する権大納言が、関白と同等の権威をもった内覧に任じられるというのは、異例の事態と言うしかない。これは長老たちの病没という緊急事態における暫定的な対応ということだろう。

九月、道長は右大臣に昇り、内覧を兼ねた。同時に、藤原一族の氏の長者の宣下を受けた。

このようにして、藤原道長が、三〇歳にして権力の座に就くことになった。

藤原伊周の凋落《ちょうらく》と定子の出家

道隆の病没と疫病の流行という想定外の状況下で、道長は権力の座に就いたのだが、その背後では、道長の姉詮子と、伊周の妹定子による、激しい争いがあったはずだ。権力者の選定に、姑と嫁が絡むという前代未聞の事態が生じていたことになる。

母方の祖父が権力者になるという外戚の仕組みは、天皇自身が親政を目指すことによって微妙に揺らいでいくことになるが、強い意志をもった母の存在によっても、情勢が左右されることがある。

詮子が上皇に等しい女院という立場になっていたことも、見逃すことのできない要因だったと考えられる。

しかしながら、母はやがて高齢になっていく。逆に美貌の嫁は、年齢とともにますます魅力的になっていく。定子は一条天皇より四歳年長だ。性的関係のない姉のような存在であった定子は、時とともに、母のような存在になっていったのではないだろうか。

僥倖とも言える道長の政権は、女たちの抗争によって得られたもので、きわめて危ういものでしかなかった。

摂関家の嫡流は、あくまでも伊周だった。道長が内覧をつとめるのは、伊周が成長するまでのリリーフであり、やがては権力の座を伊周に譲ることになるだろうというのが、衆目の一致するところだったはずだ。

おそらくは道長本人もそのつもりであったろう。

だが、姉の詮子の考えは違っていたのかもしれない。天皇の母となり、目をかけていた弟が権力の座に就いた。詮子の夫であり、一条天皇の父である円融上皇はすでに亡い。詮子と道長という姉弟の父も兄たちもすでに没している。しかも長く目をかけてきただけに、姉は弟に対しても優位な立場になっている。

つまりこの時代の最高権威は、実は東三条院詮子であったと見ることもできる。

詮子にとっては、対立していた摂関家の嫡流に権力の座を戻すことは、自らの権威が失われることにつながる。

一条天皇を支配する詮子にとっては、最大の敵は嫁の定子だった。定子との抗争に勝つためには、定子のライバルが必要だ。

詮子が期待したのは、道長の娘たちだった。

長徳元年（九九五年）の時点で、道長にはすでに六人の子女があった。

正室倫子のところには、八歳の彰子、四歳の頼通、二歳の妍子がいた。

側室明子のところには、男児ばかり三人が生まれていた。詮子にとっては、男児は無用だ。

最年長の長女彰子を、わが子一条天皇のもとに入内させる。

そして次の時代の天皇となる男児を産ませる。

摂関政治が律令制度という法体系ではなく、まえがきでも述べた五倫の徳という道徳によって支えられている以上、道長が次の時代の天皇の外戚とならなければ、詮子と道長の姉弟の権威が、長続きしないことになる。

四年後の長保《ちょうほう》元年（九九九年）、詮子の夢は実現する。

一二歳になった彰子が、二〇歳の一条天皇のもとに入内することになるのだ。

だが驚くべきことに、彰子が女御と認められたのとほとんど同時に、中宮の定子は男児

（敦康親王《あつやす》）を出産することになる。

もしもこの皇子が即位することになれば、定子の兄の伊周が外戚（母方の伯父）として権力を掌握することになっていただろう。だが実際にはそのような事態は生じなかった。この皇子の誕生の前に、伊周はすでに失脚していたのだ。

道長が権力の座に就いた長徳元年の翌年に、「長徳の変」（長徳二年）という大事件が勃発した。

内覧と氏の長者の地位を道長に奪われた伊周は、事あるごとに道長に反撥《はんぱつ》するようになっていた。伊周の配下と道長の配下の衝突が繰り返され、険悪な雰囲気が広がっていた。

火種は意外な場所から起こった。

道隆の弟の道兼の策略に乗せられて出家し、皇位を剝奪された花山上皇は健在だった。いまだ二九歳。出家の動機が寵愛していた女御の死にあったという花山上皇は、出家したあとも女遊びをやめることはなかった。

道長の父兼家の弟に、藤原為光という人物がいた。兄の伊尹《これただ》や兼通《かねみち》に可愛がられて、三男の兼家が権大納言の時に上位の大納言に抜擢されたことがある。最終的には太政大臣にまで昇った人物だ。その邸宅（一条院）はのちに東三条院詮子の住居となり、さらに一条天皇の里内裏《さとだいり》として用いられた。「一条」という諡号もこの邸宅に由来する。

　この長徳二年の時点ではすでに為光は没していて、娘たちは一条大路の裏通りにあたる鷹司小路《たかつかさこうじ》に面した鷹司殿に住んでいた。

　花山上皇の出家の原因となった、亡くなった女御というのは、為光の次女藤原忯子《やすこ》だった。よほどの美女だったのだろう。退位した花山上皇は女御の面影が忘れられず、妹の四女のもとに通うようになっていた。

　一方、伊周は為光の三女に懸想《けそう》していた。ここで誤解が生じた。伊周の側は、花山上皇も三女がお目当てで鷹司殿に通っていると思い込んだ。伊周は弟の隆家《たかいえ》に命じて、鷹司殿から出てきた花山上皇を襲わせた。配下の者が射かけた矢が、上皇の袖を貫いたと言われている。別の記録によれば、上皇の配下の者から死者が出たとされる。

　これは大事件だった。退位したとはいえ、かつての天皇を襲撃したというのだから、極悪の犯罪だ。

　伊周と隆家は逃走して行方不明となった。当人のいない邸宅が捜索された。すると呪詛《じゅそ》をした形跡が見つかった。おりから東三条院詮子は急な病で臥《ふ》せっていた。伊周に呪詛の疑いがかけられた。

この時代、密教や陰陽道による呪詛は、人を殺したり病臥《びょうが》させたりする現実的な手段だと考えられていた。従って邸内に呪詛をした形跡があれば、犯罪の動かぬ証拠とされた。このあたりは、女をめぐる騒動にかこつけて、詮子と道長の側が伊周の罪状をさらに盛ろうとしたとも思われる。

朝廷は兵を出して、逃げた伊周と隆家の捜索にあたった。

この時、定子は里第の二条宮に下がっていた。二人は、その二条宮にひそんでいた。定子の立場も困難なものになった。

伊周には大宰権帥《だざいごんのそち》、隆家には出雲権守《いずものごんのかみ》に任ずという宣命が下された。権官《ごんかん》とは定員外の任官で、現地に赴く必要がない遥任《ようにん》の場合も多いのだが、権官に任じて現地に左遷する、実質的な流罪の場合も少なくない。二人は流刑の地に護送された。

上皇襲撃の罪人を匿《かくま》った定子は、出家することになった。女性の場合の出家は剃髪するわけではない。落飾と言って、髪を肩のあたりで切り揃《そろ》えることになる。床まで届くほどの長い髪が女性の魅力とされた時代だから、髪を鋏《はさみ》で短くするだけでも、世俗の欲望を断ちきる、思いきった決断だ。

定子は内裏から去った。詮子および道長としては、長女彰子の成長を待って入内の機会をうかがうだけという状況だった。

だが詮子と道長の思惑は、思いがけない事態によって頓挫することになる。

定子の懐妊と女児の出産

出家し、落飾した定子は、もはや二度と内裏に入ることはないと誰もが思っていた。だが伊周と隆家の処分が検討されていたまさにその時期に、定子はひそかに内裏に入っていた。おそらく兄たちの減刑を一条天皇に直訴したのだろう。減刑は実現しなかった。しかし一条天皇は定子を慰めるために、優しく接したのだろう。そしてそれから一〇ヶ月後の長徳二年（九九六年）の年末に、定子は女児を出産することになる。

この出産によって、出家した定子がひそかに内裏に参入していたことが判明した。「長徳の変」という大事件のさなかに、一条天皇と定子は結ばれ、定子はついに懐妊したのだ。それは由々しきことではあるのだが、一条天皇にとっては喜ばしいことでもあった。次の子は男児が生まれるかもしれないのだ。

一条天皇は一七歳。定子は二一歳。「雛遊びの后」と呼ばれるかたちばかりの夫婦になってから六年に及ぶ年月を経て、ついに二人は本物の夫婦になった。そして一条天皇は、出家した定子を、そのまま内裏にとどめて寵愛を続けることになる。

「長徳の変」に際して一条天皇は、毅然として宣旨や宣命を出し続けた。それはまさに親政と言うべき処置だった。内覧の道長は、ただ天皇のご意向に従うばかりだった。

そのことは、周囲の貴族たちもよく承知していた。内覧となった道長は、父や兄のような専横の気配は見せなかった。道長の大らかな対応に対して、伊周の高慢さと愚かさばかりが際立った事件だった。

道長は摂関家の生まれとはいえ、正室の三男だ。父の兼家も三男として生まれ、苦労の末に権力の座に到達したのだが、父の苦労を見てきただけに、道長は最初から権力など望まず、のんびりと大らかに育ったと見ることもできる。

しかし、父や兄の専横に、源氏だけでなく傍流の藤原一族までが離反していく現実を部外者の立場で傍観するうちに、それなりの戦略と計算を立て、ひそかに権力者への道を歩み始めていた。

道長が傑出した権力者だということは歴史の示すとおりだが、生まれた時から政権の継承が約束されていたわけではない。軍事力や陰謀によって政権を奪取したわけでもない。

むしろ権力志向とは無縁の少年時代を過ごしていたはずだ。そんな道長がなぜ史上稀《まれ》に見るほどの大権力者となったのか。

むしろ道長の、のんびりとした人柄の魅力と、敵を作らない細かい気づかいがあったのではないだろうか。その気づかいの中でもとくに際立つのが、謙虚な姿勢ということではないかと思われる。

二人の兄の死によって最初に内覧の宣旨を受けた時、道長は権大納言にすぎなかった。直後に右大臣に昇進したものの、関白の座は求めず、右大臣のままで台閣に参加していた。

台閣から離れて独裁者となった父の兼家とは、まったく異なる態度と言えるだろう。専横のために批判を浴びた父の轍《てつ》を踏まぬという、聡明にして狡知《こうち》にたけた計算があった。道長は台閣の公卿たちとしっかり話し合いをして、合議によって事を進めようとした。太政官の若い文官たちとも親しく接して意見を求めた。

道長自身が若い内覧であったから、太政官の中堅の文官たちは同世代だった。多くの文官たちが道長の側近となり、道長を支えていくことになる。のちに「四納言」と呼ばれる側近たちは、長い年月をかけて付き合った若者たちだった。道長の急速な台頭に、嫉妬や批判を胸に秘めていた彼らを、道長はいつの間にか腹心の配下に変えていたのだ。

「長徳の変」の直後に、義理の叔父にあたる源重信の病没で空位になっていた左大臣に昇進したものの、そこで道長の昇進は長く停滞したままだった。

摂政となったのは晩年とも言える長和《ちょうわ》五年（一〇一六年）だった。道長は五一歳になっていた。その摂政の地位も、翌年には長男の頼通に譲っている。

藤原道長は摂関家の歴史の頂点に立ち、大権力者になったとされているのだが、一度も、関白にはならなかった。道長の日記が『御堂関白記』と呼ばれるのは、のちになってつけられた俗称にすぎない。

望月の歌があまりに有名なので、専横をほしいままにした大権力者というイメージがあるのだが、実際の道長は思慮深い控え目な人物だった。

とくに若いころの道長は、権力者にはふさわしくない地味で謙虚な人物だった。

二人の兄の死で思いがけず政権を掌握してからのちも、同世代の文官との話し合いを重視して、専横という批判を封じることに尽力した。『御堂関白記』はそうした文官たちとの交流の記録で、およそ権力者には似合わない繊細な気づかいで、文官たちのご機嫌をとろうと努力する道長のようすがうかがえる。

もちろん、そうした謙虚な態度も、計算ずくのことだったのかもしれない。謙虚な人物というイメージを演出して味方を増やし、時間をかけて誰にも文句を言わせない権力者にのしあがっていった。その点を考慮すれば、冷静な戦略家と見ることも可能だ。

いずれにしても、道長は父や兄と違って、最初は控え目な態度に徹し、一歩ずつ、権力の階段を昇りつめていった。

その計算と努力の成果が、「四納言」と呼ばれる側近たちだ。

「長徳の変」が起こった長徳二年（九九六年）における彼らの年齢は、次のようなものだ。

藤原公任、三一歳。
源俊賢、三七歳。
藤原行成、二五歳。
藤原斉信、三〇歳。

この長徳二年は、長兄道隆の子息の伊周が失脚し、不動の権力の座が約束された画期的な年であったのだが、この時、道長自身はまだ三一歳にすぎなかった。

この四人は、道長とほぼ同世代だ。道長が二人の兄の陰に隠れていた時期には、ライバルとして出世を競う間柄だった。その中から、やがて道長だけが突出して権力の座に向けて突き進んでいくことになる。当然、嫉妬や不快感があったはずだが、彼らは道長を評価し、側近として道長に仕えることになった。

藤原公任は小野宮流という名門の生まれで、貞信公《ていしんこう》と称された藤原忠平《ただひら》の嫡流と言っていい。祖父の実頼、父の頼忠は、ともに関白をつとめた。だが、娘を入内させ、天皇の外戚となるという試みに失敗して、師輔、兼家、道隆の系統に氏の長者の座をさらわれた。本来ならば公任こそが摂関家の嫡流なのだ。権力者としてのしあがっていく道長に、敵意や嫉妬を覚えてもよい立場だった。

実際に若いころに、詮子の住む東三条殿の前で、「この女御（詮子）はいつか后になるのか」と失言したことが伝えられる。公任の姉の遵子はすでに中宮に立てられていたのだ。一方、詮子は格下の女御だった。

この時点で、同い年の道長に対して、公任は優位に立っていたはずだった。遵子はその後、皇后、皇太后、太皇太后と、三后の序列を昇っていくのだが、男児を産めなかった。従って親族が外戚として権力の座に昇る機会は訪れなかった。

長徳二年の時点では、公任は参議にすぎない。道長に後れをとるだけでなく、年下の伊周などにも先を越される屈辱を味わった公任は、やがて道長に近づいていく。和歌の才に恵まれた公任は、勅撰集の『拾遺《しゅうい》和歌集』の編纂にあたり（歌人として有名なので名が音読みされる)、『小倉百人一首』にも「大納言公任」という名で和歌が採られている(実際の最高位は権大納言)。

公任は紫式部の『紫式部日記』にも登場する。後一条天皇の誕生祝いの席でほろ酔いになった公任が、女房たちの房のある渡り廊下まで来て、「このあたりに若紫(紫式部のこと)はおられるか」と大声で探し求めたというくだりだ。紫式部は相手にしなかったのだが、これは紫式部が女房として仕えていた時期に、すでに『源氏物語』が多くの人々に読まれていたことの傍証として、貴重な記述となっている。

源俊賢は、冤罪で失脚した源高明の子息だ。道長の側室となった明子の兄ということになる。抵抗勢力の源氏の生まれで、若いころは不遇であったが、道長の兄の道隆に評価されて蔵人頭となった。のちに道長の側近となった俊賢ではあるが、道隆への恩義を忘れず、娘の定子に対しても忠誠を尽くしている。

俊賢は公任の後任として蔵人頭に補されたのだが、自らが参議に昇る時に、後任には次に述べる藤原行成を推挙している。その意味では、四納言は不思議なつながりによって結ばれている。俊賢も最終的には権大納言に昇っている。

藤原行成は、兼家の長兄の伊尹の孫にあたる。こちらも摂関家の嫡流とも言える名門の出身なのだが、父が若くして没し、兼家が権力者として台頭したため、行成は没落した家系の文官として、辛酸をなめることになる。先述したように源俊賢の推挙で蔵人頭となり一条天皇の側近となった。

一条天皇の信頼を得て、東三条院（女院となった詮子）の別当、さらに定子が産んだ敦康親王の別当となり、同時に参議に昇ることになるのだが、定子への愛着から敦康親王の立太子を望む一条天皇に対して、彰子の産んだのちの後一条天皇を推挙するなど、苦しい立場の中で、道長に尽くすことになる。

この時のようすは行成の日記に詳しく書かれているので、のちほど紹介することにしたい。その行成の『権記』と呼ばれる日記は、藤原実資の『小右記』と並んで、この時代の貴重な証言となっている。また行成は書道の達人で、三蹟《さんせき》の一人に数えられた。行成も権大納言に昇っている（それゆえに日記が『権記』と呼ばれる）。

藤原斉信は道長の父兼家の年の離れた異母弟、藤原為光の子息だ。花山天皇が出家する原因となった寵愛された女御（為光の次女）や、伊周が惚《ほ》れ込んだ三女、花山上皇が通った四女など、美姉妹の兄にあたる。斉信も蔵人頭として、一条天皇に仕えていた。定子にも仕え、道隆や伊周とも親しかったはずだが、「長徳の変」では妹をめぐって花山上皇と伊周の間に紛争が生じた。

兄として紛争に巻き込まれるおそれもあったのだが、いち早く道長の側近となって、事件の直後に参議に昇っている。最終的には四納言の筆頭となり、大納言となった。のちに花山上皇に寵愛されていた四女は晩年の道長の側室となっている。斉信は道長と姻戚関係をもつことになったのだ。

これら四納言は、若き日は道長のライバルだったが、やがて道長の側近となった。そこには、道長という人物の大らかな人柄や、権力欲を表に出さない謙虚な態度に心酔するといった、功利を超えた真摯な心情があったのではないかと思われる。

藤原道長には、ライバルをも惚れ惚れとさせるような、不思議な魅力があったのではないか。

そう考えると、紫式部が描いた光源氏は、藤原道長その人をモデルにしたのではないかという気がしてくるのだが、そのあたりのことは、のちの章で述べることにしよう。

第四章　紫式部の出自と青春時代

鴨川の堤で生まれ育つ

紫式部が日本文学史における最高峰の作家であり、同時代の世界を見渡しても類例のない傑出した作家であることは、多くの識者が認めるところだ。そのような大天才がなぜ生まれたのか。そのことも大きな謎と言うしかない。

謎を解き明かすためには、紫式部の出自と青春時代を見なければならない。

とはいえ残された資料には限りがある。ここからは、筆者の想像を加味した、いささか大胆な紫式部像を展開して、創作のモチベーションと、この作品が世に出ていく経緯の実態を探っていきたい。

すでに述べたように紫式部の生年はわかっていない。天禄元年（九七〇年）から天元元年（九七八年）のあたりまで、諸説があって特定されていない。最も有力なのは、天延元年（九七三年）だろうか。とりあえずこの説に沿って話を進めていこう。

藤原道長《みちなが》が康保三年（九六六年）の生まれだから、年齢差は七歳。道長が左大臣源雅信《まさざね》の土御門殿の入り婿となったのが二二歳の時で、七歳違いだと紫式部は一五歳。適齢期にはまだ早い、初々しい少女といった年齢だったろう。

紫式部が早い段階で道長の面識を得たという可能性は充分にある。なぜなら、道長の妻となった源倫子《ともこ》と紫式部は、又従姉妹《またいとこ》にあたるからだ（七七ページの図7参照）。

さらに言えば、倫子の母の穆子《あつこ》と、紫式部の父の為時《ためとき》が、従姉弟《いとこ》だということだ。

為時の先祖は、摂関家の基礎を築いた藤原良房《よしふさ》の弟の良門《よしかど》だ。良房の養子となった関白基経《もとつね》および二条后高子《たかいこ》の父の長良《ながら》や、「応天門の変」で失脚した良相《よしみ》については、これまでも話題にしてきたのだが、良門は歴史の表舞台に登場することのない地味な人物だ。

為時の家系は、良門の長男の利基《としもと》の系統で、嫡流と言っていいのだが、利基の弟の高藤《たかふじ》の方が有名だ。高藤は娘の胤子《たねこ》が醍醐《だいご》天皇を産んだので、外戚として出世をして内大臣に昇った。高藤の子息の定方《さだかた》は右大臣（『小倉百人一首』では「三条右大臣」）、孫の朝忠《あさただ》は中納言（同「中納言朝忠」）と、摂関家にも劣らぬほどに公卿を輩出した。その中納言朝忠の娘が、左大臣源雅信の正室の穆子ということになる。

嫡流の利基の家系は、子息の兼輔《かねすけ》が中納言になったものの、孫の雅正《まさただ》は豊前守《ぶぜんのかみ》にとどまった。いわゆる受領の家柄だ。受領と呼ばれる国司の長官は、大国でも従五位下くらいの叙位で、小国ならば貴族とも言えない下級文官の職務だ。その雅正の子息の為時も、花《か》山《ざん》天皇の侍読《じとう》（個人教授）をつとめ、式部丞や蔵人（六位）に任じられた後は、長く無職だった。

儒学者としては知られていたので、個人教授の依頼や書類の代筆などのアルバイトはあっただろうが、正式の職務がなければ社会的地位も無に等しい。

紫式部は藤原一族ではあるものの、下級貴族とも言えない家柄の娘ということになる。ただ邸宅の立地はなかなかのものだった。紫式部の曽祖父にあたる中納言兼輔は、『小倉百人一首』にも和歌が採られている文化人で、鴨川の堤に邸宅があったことから堤中納言と呼ばれていた。その鴨川沿いの邸宅を、父の為時は引き継いでいたのだ。

邸宅は左大臣源雅信の土御門殿の斜め向かいに位置している。

平安京の東端にある京極大路の西にある土御門殿は洛中と言えたが、大路の東側はもはや洛外だ。すぐ先に鴨川が流れている。しかもそのあたりは、上流の賀茂川が東から流れ込む高野川と合流して鴨川と表記を変えるあたりで、二つの川の流入によって洪水が起こりやすい場所だった（一八ページの図1参照）。

治水工事で堤が築かれたので、ようやく住めるようになったということだろう。洛中にある土御門殿のような一等地ではない。いわば格下の土地だ。

土地には格差があるのだが、大路を一本渡れば、藤原良房の染殿や、左大臣源雅信の土御門殿が並ぶ豪邸街だ。

左大臣の正室は、為時の従姉《いとこ》の穆子だ。穆子は高藤の家系、為時は利基の家系で、もともと同族ではあるのだが、穆子の父の朝忠の妹が為時の母という関係にある。穆子にとっては叔母にあたる女性（紫式部の祖母）が近所にいるということであれば、交流がないということは考えられない。

源倫子は、道長より二歳年長なので、倫子と紫式部の年齢差はさらに大きい。一緒に遊ぶということはなかっただろうが、倫子には同母妹もいたので、紫式部は幼少のころから土御門殿に出入りしていたと思われる。何しろ大路を斜めに横断するだけの距離だから、子どもの足でも通うことができる。

天才というものはおおむね早熟だ。紫式部は少女のころからすでに物語を書き始めていたのではないか。だとすれば紫式部の最初の読者は、穆子の娘の倫子や、土御門殿に仕える女房たちであったと思われる。

紫式部がいつごろから『源氏物語』の構想をもったのかは、まったくわかっていない。父の為時は儒学者だ。弟の惟規《のぶのり》が父から漢籍を学んでいた時、そばで聞いていた紫式部の方が先に暗誦《あんしょう》してみせたので、これが男児だったら優れた儒学者となるのにと、父が慨《がい》歎《たん》したエピソードが、『紫式部日記』に記されている。

紫式部は幼少のころから、漢籍を学んでいた。漢詩や中国の故事、『日本書紀』などについても精通していた。とくに唐の代表的な詩人白居易《はくきょい》の詩文を集めた『白氏文集《はくしもんじゅう》』は熟読していたようだ。それが『源氏物語』にも活《い》かされているし、紫式部はのちに仕えた彰子《あきらこ》に漢文の読み方を教え、『白氏文集』などをレクチャーしている。

父が儒学者だから、自宅に漢籍はたくさんあっただろうが、為時は和歌はそれほど得意ではなかった。歌人として名高い堤中納言兼輔の邸宅だから、古い和歌集などはあっただろうが、女が読む仮名書きの物語などが揃っていたとは思えない。

だが斜向かいの土御門殿には、倫子がいるし、大勢の女房たちもいる。和歌集や物語などもずらっと揃っていたことだろう。

紫式部は少女のころから土御門殿に通って、和歌や物語を読み、そのうち自分が作った物語を女房たちに話して聞かせるようになったのではないだろうか。その話があまりにおもしろいので、一〇歳ほども年上の倫子が、紙に書いたらどうかと勧め、和紙や墨を与えたのではないか。

そういう条件がなければ、紫式部が一人で物語を書き始めたとは思えない。物語を書くためには和紙と墨が必要だが、どちらもたいへんに高価なものだ。失業中の為時の自宅に和紙が豊富にあったとは思えない。

紫式部は毎日、大路を渡って土御門殿に出向き、女房たちに交じって手伝いをしていたのだろう。その報酬として、自由に物語を読んだり、和紙に物語を書くことを許されていたのではないかと思われる。

宮中でも同様だが、上流貴族の邸宅には大勢の侍女がいた。彼女たちの寝床は、渡殿などと呼ばれる渡り廊下の一部を仕切った小房で、それゆえ女房と呼ばれた。

清少納言の『枕草子』には、隣の女房が部屋に男を連れ込んで、しゃべったり、ものを食べたりする音がうるさいと嘆く場面がある。『紫式部日記』にも、紫式部の寝床に若い文官たちが来て、格子の下半分を開けてくれとしつこく頼む場面が描かれている。宮中や貴族の邸宅にいる女房は、自由に男たちと付き合っていた。平安時代というのは、男女の相聞については、自由で開かれた社会だったのだ。

紫式部は土御門殿の住み込みの侍女ではなかったので、渡殿の小房に寝泊まりしていたわけではないが、侍女たちの一員であった。すでに述べたように、「紫式部」という通称は、土御門殿で用いられたものだろう。

反体制文学としての『竹取物語』

ここで話は少し横道に逸れることになるが、『源氏物語』に先立つ物語として、二つの作品について述べておく。

『竹取物語』と『伊勢物語』だ。

この二つの作品は、物語の先駆として多くの読者を獲得したということだけではなく、『源氏物語』と同様の一種の反体制文学としての特質を有している。

紫式部は『源氏物語』の中で、登場人物に物語論のようなものをさせている。そのおりに、「物語の出で来はじめの祖《おや》」と呼んでいるのが『竹取物語』だ。

よく知られているように、これは竹の中から生まれた「かぐや姫」の物語だ。作者はわかっていないが、源順《したごう》だろうという説が有力だ。

源順は嵯峨《さが》天皇の皇子だった源定《さだむ》の子孫だ。漢詩も和歌もこなす才人で、『万葉集』の読解に尽力し、『後撰和歌集』の編纂にも加わった。日本最初の分類体辞典『和名類聚抄《わみようるいじゅしょう》』を編纂したことでも知られている。

『竹取物語』だけでなく、『宇津保《うつほ》物語』や『落窪《おちくぼ》物語』も源順の作ではないかと言われている。

多才ではあったが、大学寮での評価は低く、出世は遅々として進まなかった。最終官位は従五位上の能登守《のとのかみ》というものだった。

源高明《たかあきら》と親交があって、高明が失脚したあとは、源順も冷遇されることが多かった。そういう点でも、反体制文学の作者にふさわしい人物と言えるだろう。

源順はまさに冷遇された源氏の一員で、その鬱屈を漢詩や和歌の創作で発散させていたのかもしれない。あるいは摂関家への強い怨念があって、それが『竹取物語』に秘められた毒のようなものに結晶したのではなかったか。

物語そのものは美しいファンタジーだ。光る竹の中から生まれた妖精のような少女が、たちまち美女となり、かぐや姫と呼ばれる。

姫の噂は都にも伝わり、駆けつけた五人の貴公子から求婚される。

すると姫は、無理難題とも思われる注文を出す。

仏の御石《みいし》の鉢、蓬萊《ほうらい》の玉の枝《え》、火鼠《ひねずみ》の裘《かわごろも》、龍《たつ》の首の珠《たま》、燕《つばくらめ》の子安貝……。

どれもこれもこの世に存在しないものばかりだ。五人の貴公子たちは、それらしいものを持参するのだが、すべて偽物と見破られてしまう。

最後に帝までが乗り出してくるのだが、姫は帝の求婚を拒絶して、自分は月から来た天人だと言い、天から降りてきた迎えの天人たちとともに、故郷に帰ってしまう。

羽衣伝説など、天から天女が降りてくる物語は各地に伝わっている。その基本構造に、いくつかの脚色をしただけの単純な物語なのだが、天皇まで登場するところに、この作品の一つの特色がある。

仏や神や天人は、いわば超越的な存在だ。そういうものを示すことによって、人智の限界をつきつける。ここには天皇の権威さえ否定する、したたかな意図がひそんでいるのではないだろうか。

単純な物語ではあるのだが、この作品は強いインパクトをもって読者を惹きつけることになった。

もう一つ、特色がある。

五人の貴公子たちだ。彼らにはそれらしい名前（石作皇子《いしづくりのみこ》、車持《くらもちの》皇子、右大臣阿倍御主人《みうし》、大納言大伴御行《みゆき》、中納言石上麻呂《いそのかみまろ》）が与えられているのだが、どうやらそれは大昔の皇族や上流貴族の名前のようだ。阿倍、大伴、石上など、平安時代中期には没落している氏姓を提示することで、これが古代の物語だということを示しているのだろう。

その中に、車持皇子という人物がいる。

蓬莱の玉の枝というものを要求されたこの皇子は、それらしいものを職人たちに作らせる。見事な細工の玉の枝を見せられて、かぐや姫も当惑するのだが、そこに職人たちがやってきて、皇子が代金を払わなかったと訴える。それで偽物だということが判明するのだが、偽物を作らせておいて代金を払わないというのは、いかにもケチ臭いやり方で、五人の貴公子たちの中でも、最も印象の悪い人物像になっている。

車持というのは、上野国《こうづけのくに》の豪族の名で、天智《てんじ》天皇の采女《うねめ》（地方豪族から天皇に献上された侍女）に車持与志古娘《よしこのいらつめ》という女性がいた。

藤原一族の事実上の祖とされるのは、文武《もんむ》天皇の宮子夫人《みやこぶにん》、聖武《しょうむ》天皇の光明《こうみょう》皇后と、二人の娘を天皇に嫁がせ、外戚として君臨した藤原不比等《ふひと》だが、その不比等の母とされるのがこの車持と呼ばれる女性だ（鏡王女《かがみのおおきみ》を母とする説もある）。

不比等の父は、大化改新と呼ばれる一種のクーデターで、当時の大権力者だった蘇我入鹿《そがのいるか》を天智天皇とともに討った中臣鎌足《なかとみのかまたり》だが、鎌足には、孝徳《こうとく》天皇から孕《はら》んだ妥女を下賜されたという伝説がある。不比等には定恵《じようえ》という僧侶の兄がいるが、この伝説によれば、定恵はその采女が宿していた子（孝徳天皇の落胤《らくいん》）ということになる。留学僧として唐に渡ったこの人物は、帰国した直後に謎の死を遂げている。

もしかしたら与志古娘も孕んでいたのではという推測から、不比等を天智天皇の落胤とする伝説もある（『大鏡』など）。

この伝説は、藤原一族が積極的に流行《はや》らせたようなところがあり、平安時代の人々にとっては一種の常識だった。藤原定家《ていか》が『小倉百人一首』の一番歌に天智天皇の和歌を置いたのもこの伝説と無縁ではないだろう。

だとすれば、『竹取物語』に登場する車持皇子というのは、藤原不比等だということになる。

五人の貴公子の中で、一番狡《ずる》そうな人物に、藤原一族の祖をあてるというのは、そこに作者の悪意を見てとることができる。

それを読んだ読者の多くも、この人物像に接して、作者に喝采を送ったのではないだろうか。

『竹取物語』の作者として、源順の名が挙がってくるのも、藤原一族の悪口を書くのは、没落した源一族に違いないといった憶測が働いたからだろう。

『竹取物語』とはそういう物語なのだ。

これを紫式部は作中人物の台詞《せりふ》の中で、「物語の祖」と語らせた。

ただおもしろい物語というだけでなく、権力者に対する批判精神があるところに、紫式部は惹かれたのではないだろうか。

『伊勢物語』と紫式部

『伊勢物語』の場合は、反体制文学としての批判精神が、露骨に表明されている。

この作品は、多くの女性たちと付き合った貴公子（在原業平《ありわらのなりひら》）のエピソードを集めた説話集のように見えるのだが、主要なエピソードだけを見ていくと、臣籍降下させられた皇族の悲劇が、一本のストーリーとしてうかびあがる。

まずは物語の中では二条后と呼ばれる藤原高子（基経の妹）との悲恋だ。

業平と高子は相思相愛の仲だ。だが高子はどこかの邸宅に幽閉されてしまう。物語の中では特定されていないのだが、読者の多くはそこが、清和《せいわ》天皇の祖母の藤原順子《のぶこ》の邸宅だと知っている。そこには清和天皇がしばしば通ってくる。そこで高子を天皇に引き合わせ、入内させようというのが、高子の兄の基経と、叔父の良房の思惑なのだ。

しかしそのことを察知した良房の弟の良相が、姉の順子を方違《かたたが》い（凶とされる方角を避けること）などの理由で自邸に転居させる。もちろんほんとうの目的は清和天皇と高子が出会うのを防ぐためだ。順子は弟の良相の指示には素直に従った。詮子《あきこ》と道長の関係のように、順子もまた弟に目をかけている。高子は主《あるじ》のいなくなった邸宅に一人きりで残される。その邸宅に業平が忍び込み、高子とともに満開の梅の中で月見をする。

翌年の梅の季節に、業平は同じ邸宅に忍び込む。高子はすでに入内していて誰もいない。だが満開の梅と、満月がある。そこで業平は有名な歌を詠む。

月やあらぬ　春や昔の　春ならぬ　わが身ひとつは　もとの身にして

月は去年の月と同じではない。春も去年と同じ春ではない。それなのに、自分一人は、元のままだ……というような意味だ。ここには、去年は確かに自分の恋人だった高子が、いまは天皇のもとに入内している、という悲しみが秘められている。

読者の胸に迫る名場面だが、愛し合っている二人の仲を引き裂いたのが、摂政の良房とのちに関白となる基経だということになると、この場面は摂関家の卑劣な画策に対する批判と読み取ることができる。

もう一つの重要なエピソードは、北山の先の雪に埋もれた惟喬《これたか》親王の庵を訪ねる場面と、妹の恬子《やすこ》内親王を伊勢の斎宮に訪ねる場面だ。

この皇族の兄妹の悲劇も、摂関家の横暴によるもので、彼らの姿を哀れに描くことが、そのまま摂関家に対する批判になる。

『伊勢物語』は在原業平という実在の人物を描いているので、史実から大幅に逸脱することはできないのだが、有名な東下りの場面はすべてフィクションで、業平自身は東国に赴いてはいない。相模権守《さがみのごんのかみ》になったことはあるが、それは遥任で、実際に赴任する必要のない役職だった。

和歌というものは現地で詠むものではなく、歌会の席などで想像によって詠むものだ。

『伊勢物語』は在原業平の歌をもとにして物語が構成されているのだが、作者は実際に業平が東国を旅する場面を描くことで、その哀れさを強調している。主人公の哀れさが読者に伝われば、そのぶんだけ、摂関家の画策の卑劣さが印象づけられることになる。

作者によるフィクションがもう一つある。晩年の業平が帝の鷹狩りに随行する場面だ。鷹狩りは皇族だけに許された優雅な遊びで、臣籍降下させられたとはいえ、業平は鷹狩りが得意だった。だが晩年の業平にとってはきつい仕事で、こんな歌を詠む。

翁《おきな》さび　人なとがめそ　狩衣《かりごろも》　今日ばかりとぞ　鶴《たづ》も鳴くなる

こんな老人が狩衣を着けているのをとがめないでください。獲物の鶴だってもうすぐ死ぬと鳴いています。そんな歌だ。

するとその歌を聞いた帝が、「その老人とはわしのことか」と怒ったというエピソードが記されている。

その老人の帝とは、もちろん陽成《ようぜい》天皇の廃帝によって擁立された光孝《こうこう》天皇のことだ。五五歳で即位した光孝天皇は仁明《にんみょう》天皇の皇子で皇族だ。業平は臣籍降下した臣下にすぎない。しかし桓武《かんむ》天皇の曽孫だという点は同じだし、むしろ業平の方が嫡流だと言うこともできる。世が世であれば天皇になったかもしれない業平が、蔵人として、にわかに天皇になったお方に仕えて、鷹狩りのお供をする。

プライドの高い業平にとっては、屈辱的な仕事だったはずだ。

鷹狩りは雉《きじ》や山鶏《やまどり》などの獲物を求めて山野で行うものだ。鷹狩りに慣れた業平にとっては当然のことなのだが、高齢の光孝天皇は、京のすぐ近くの川で鷹狩りをした。そうしたら鶴みたいな不細工な獲物がとれてしまった。これも業平にとっては不愉快なことだ。

そうした怨《うら》み言《ごと》が、この歌にこめられている。

物語の最後に、色好みの貴公子の哀れな晩年を描く。それが作者の意図なのだろう。晩年の業平が蔵人頭という役職をつとめていたことは事実だが、実際は光孝天皇の即位の前に亡くなっている。この和歌は、実は、業平の兄の行平《ゆきひら》の作品なのだ。そこを強引に業平の和歌として、悲劇性を強調したところに、物語作者の明確な戦略が見えてくる。

天皇を廃帝にして、無力な老人を擁立する。そこにも摂関家の横暴がある。その結果、老いた天皇のお供をさせられる業平の哀れさを、作者はわざとらしくフィクションとして描いているのだ。

物語作家としての紫式部

紫式部の前には、ほかにもいくつかの物語があった。

たとえば『落窪物語』。

これは継子《ままこ》いじめの物語で、悲惨な境遇に置かれた少女がやがて貴公子と結ばれるという、シンデレラのような話だ。

あるいは『宇津保物語』。

貴種流離譚《きしゆりゆうりたん》と呼ばれる物語の基本構造の一つで、琴の名手である高貴な血筋の若者が放浪して体験を重ねていく話。幻想的な設定をリアルな描写で展開していく筆致が、『源氏物語』の作者に強い影響をもたらした作品だとされている。

ほかにも在原業平と並び称されるほどの色好みで知られた平貞文《さだふみ》を主人公とした『平中物語《へいちゆう》』、業平や貞文に加えて堤中納言兼輔（藤原兼輔。紫式部の曽祖父）、右近、凡河内躬恒《おおしこうちのみつね》など多くの歌人の説話を集めた『大和《やまと》物語』など、紫式部の時代にはすでに成立していたとされる物語がある。ほかにも、いまでは消えてしまった物語が、当時はたくさん流通していたのだろう。

作家は先行する作品の影響を受ける。無から有を生み出すことはできない。その意味では、紫式部も多くの物語を読むことで、自分の物語を紡いでいったのだろうし、そもそも物語を書いてみたいという最初のモチベーションも、先行する物語を読むことによって生じたのだろう。

では、最も始めの段階で、紫式部はどのような物語を書こうとしたのだろうか。多感な少女が多くの物語を読んで、自分も物語を書こうと思った時、最初に描こうとするのは、自分をヒロインにした夢のようなお話といったものではないだろうか。『落窪物語』のような、シンデレラ的なストーリー。

そう考えると、「若紫」の巻の紫の上のエピソードは、まさにそれにあたる話だと言えるだろう。

ある程度の家柄ではあるのだが、事情があって、父母もなく山奥でひっそりと年輩の女性に育てられている少女。そこに美貌の貴公子が現れる。

これこそは典型的なシンデレラ・ストーリーだ。

多くの女性の読者は、わが身を紫の上に投影しながら、『源氏物語』を読んでいく。土御門殿でまだ少女の紫式部が女房たちに語り聞かせたのも、この紫の上の物語だったのではと思われる。

ここで一つの疑問が生じる。

なぜ「紫」なのか。

古来、「紫」は最上の色とされていた。聖徳太子が定めたとされる「冠位十二階」でも、紫の冠が最上位に置かれていた。

しかしながら、紫式部が紫を好んだのは、もっとはっきりした理由がある。

紫式部は多くの先行する和歌や、物語や、史実を踏まえることによって、物語を構成している。それは最初の読者が土御門殿の女房たちであったからで、彼女らの教養を前提として作品が語られたのだ。

「若紫」の巻の冒頭部分は、誰もが知っている『伊勢物語』に符合している。

よく知られているように、『伊勢物語』は実在の人物の在原業平を中心として物語が進行する。しかし一貫したストーリーが展開されるわけではなく、「男」をめぐる数多くの説話の集大成といった趣がある。冒頭の第一段のエピソードも、在原業平には直接の関わりがない、誰とも知れない人物の説話になっている。

元服したばかりの若者が、奈良の春日《かすが》の里で狩りをしている。するとそこで麗しい姉妹を見かける。和紙の用意がなかった男は、狩衣の裾を切って和歌を認《したた》める。

春日野の　若紫の　すり衣　しのぶのみだれ　限り知られず

この歌は『小倉百人一首』にも採られた源融《とおる》（『小倉百人一首』では「河原左大臣」）のあの有名な和歌を踏まえている。

みちのくの　しのぶもぢずり　誰ゆゑに　乱れそめにし　我ならなくに

光源氏のモデルの一人ともされる源融は、当時の最大の抵抗勢力で、権力の座から遠ざけられた清和天皇を最後まで支援し続けた人物だった。

六条の鴨川のほとりの大邸宅に陸奥《みちのく》の塩釜を模した庭園を築いて「河原左大臣」と呼ばれた源融になぞらえて、光源氏は六条に大邸宅を築く。

『伊勢物語』の作者も、物語の冒頭に意図的に源融の歌を本歌どりした和歌を置いたのだろう。そして紫式部もまた、意図的に『伊勢物語』第一段のこの歌を連想させる和歌から物語を始めたのではないだろうか。「若紫」の巻はいまは五巻目に置かれているのだが、『伊勢物語』の第一段に符号しているところを見ると、物語はここから書き始められたのではという気がする。

「若紫のすり衣」から、この巻は「若紫」と呼ばれ、ヒロインは「紫の上」と呼ばれることになる。そして作者自身もいつしか「紫式部」と呼ばれるようになった。

左大臣家に仕える女房たちは、傍流の源氏一族や下級貴族の娘が多かった。藤原道長を中心とした藤原一族の歴史を描いた『栄華物語』の作者赤染衛門《あかぞめえもん》は、のちに紫式部の同僚として宮中に仕えることになるのだが、道長よりかなり年長で、すでにこのころから土御門殿に仕えていたのではと思われる。

赤染衛門は文章博士となる大江匡衡《まさひら》の正室で、高い教養をもっていたから、紫式部の一番の理解者だったかもしれない。

土御門殿の女房たちは、身分は低くても教養のある女たちだった。『伊勢物語』の冒頭部分は、誰もが熟知していたはずだ。

病になって北山の寺を訪ねた貴公子が、ひなびた山寺の近くで美貌の少女を見かける「若紫」のくだりを聞きながら、女房たちは『伊勢物語』を連想し、これから同じような素晴らしい物語が展開されるのだろうと、期待を高めることになる。

光源氏は次のような歌を詠む。

手につみて　いつしかも見む　紫の　根にかよひける　野辺の若草

ここでは「若草の紫の根」というイメージが語られる。まだ咲きこぼれていない蕾《つぼみ》のような少女の美しさを、「若草の紫の根」にたとえている。

またこの少女は、光源氏がひそかに慕っている藤壺《ふじつぼ》中宮の姪《めい》という設定になっているので、「藤色」からの連想で「紫」が導き出されたと考えることもできるのだが、話は逆で、『伊勢物語』の第一段の「若紫のすり衣」から採られた「若紫」の巻から必然的に藤壺（内裏の飛香舎《ひぎようしや》の別称）に居住する中宮のイメージが出てきたのだろう。

「若紫」の巻に登場する少女のイメージは強烈だ。和紙に墨で物語を書く前に、まだ少女の紫式部は土御門殿の女房たちに、この物語の冒頭部分を語っていたのではないかと思われる。世の中から忘れられたような少女が、貴公子に見初められる物語。これを少女が語るということであれば、聞き手は紫式部自身をヒロインとした物語だと感じたことだろう。

もちろん、年を重ねた女房であっても、自分が少女であったころの思い出はある。聞いている誰もが、自分の少女時代を思い起こしながら、わが身をヒロインの立場に置いて、物語の展開を愉しむ。そのように誰もが愉しめる物語として、少しずつ語られていったのが、この「若紫」の巻ではないだろうか。

この巻がどのような過程で成立したのか、その実態はまったく不明ではあるのだが、和紙に書き留められる前に、まず語りがあったのだと思われる。同じ話を何度も語りながら、聞き手の反応を見て、度重なる修正の末に紙に書き留められた。そのように考えると、『源氏物語』というものを作り上げたのは、土御門殿の女房たちであったと言うこともできるだろう。

落語や講談のような語り物は、聞き手の反応によって修正されていく。『源氏物語』も聞き手の反応によって、現在のかたちに仕上がっていったのだろう。

聞いているのは左大臣家の女房たちだ。源氏ゆかりの女房たちであったから、この貴公子は藤原摂関家ではなく、源氏のヒーローでなければならなかった。

さらに言えば、没落した家の娘として生まれた紫式部にとっては、先祖の栄光が心の支えになっていたのだろう。紫式部の曽祖父で、堤中納言と呼ばれる名高い歌人の藤原兼輔のことは、父からも繰り返し聞かされていたはずだ。その鴨川の堤に接した邸宅にいまも居住している紫式部は、曽祖父が生きた時代こそ、理想の世と感じられたことだろう。

それは『古今和歌集』が編まれ、紀貫之《きのつらゆき》が仮名文字を普及させようとしていた時期でもあった。醍醐天皇から村上天皇にかけての、「延喜天暦の治」と呼ばれた天皇親政の時代。『源氏物語』はまさにその時代を描いた作品なのだ。

源氏のヒーローの誕生

「若紫」の巻は、『源氏物語』という長大な作品の、鍵とも言える部分だ。ヒロインの紫の上が登場するだけではない。その直前に、光源氏の従者たちが、「明石《あかし》の入道」について話すのを、光源氏が聞くともなしに聞いている場面が置かれている。何気ないただの噂話だとここでは感じられるのだが、のちに展開されるストーリーの重要な伏線になっている。

京で運に恵まれず都落ちして播磨の受領となっている男（明石の入道）がいる。よくある話だが、男は娘の未来に期待をかけ、教養を身につけさせ、上品な女として育てた。やがて現れる貴公子を待ち受けている。

実際に、光源氏はのちに明石の入道に招かれ、娘の明石の君との間に女児を得る。その女児は紫の上が養女として育て、皇嗣の東宮（朱雀帝《すざく》の皇子でのちの今上帝《きんじょう》）のもとに入内させることになる。『源氏物語』全体にとっても最も重要なストーリーの伏線がここに張られているのだ。

そしてこの巻の後半では、病のために実家に帰っている藤壺中宮のもとに、光源氏が忍んでいく場面が描かれる。そこでは、これが最初ではなく、以前にも光源氏が藤壺と不義を犯した過去があることが示される。そしてこの二度目の逢瀬《おうせ》で、藤壺は懐妊し、現在の皇太子（のちの朱雀帝）の次の天皇（冷泉帝《れいぜい》）となる男児を産むのだ。

もちろんこの巻だけですべてが描かれるわけではない。ここでは、長大な物語のエッセンスのようなものが提示され、少なくとも、藤壺、明石の君、紫の上という三人の女をめぐって、これから波瀾万丈《はらんばんじょう》の物語が展開されることが予感されるような、魅力的な布石が打たれているのだ。

これに最後に不義の子を産む女三《おんなさん》の宮《みや》を加えれば、『源氏物語』（「宇治十帖」を除く）の主要なヒロインが勢揃いすることになる。藤壺は紫の上の父の兵部卿宮《ひょうぶきょうのみや》の妹という設定になっているのだが、宮というのは皇子などの皇族のことで、先帝の皇子だが臣籍降下せずに皇族のままで兵部卿をつとめている人物だ。従って、藤壺は皇女、紫の上も皇族だということになる。

女三の宮はもちろん皇女だ。主要なヒロインの中では、明石の君だけが、受領の娘という設定になっている。しかし明石の君の父（明石の入道）も、事情があって都落ちした人物という設定になっていて、高貴な血筋だと暗示されている。

このような設定では、初めはおもしろがっていた女房たちも、不満を覚えるのではないだろうか。

この巻の最初の読者は、左大臣家の倫子（および妹）を除いては、下級貴族出身の女房たちだからだ。登場人物と読者との間には大きな格差がある。これでは読者のニーズに応えることができない。

そこで紫式部は、次々と新たなヒロインを登場させていく。

衛門督《えもんのかみ》（衛門府の長官だが位階は従四位程度の下級貴族）の娘の空蟬《うつせみ》、その夫の伊予介《いよのすけ》（従六位程度で貴族ではない）の先妻の娘の軒端荻《のきばのおぎ》、親王の娘だが容色が醜い末摘花《すえつむはな》など、高貴で美しいお姫さまといったイメージとは異なる女性と、光源氏との出会いを描いていく。

土御門殿の女房たちは、傍流の下級貴族かそれ以下の出自にすぎない。容色も美人ばかりではなかっただろう。

藤壺中宮や紫の上の話をしている時に、聞き手の中に身を乗り出してこない女房がいることに、聡明な紫式部は気づいたはずだ。絶世の美女のお姫さまの物語は、聞き手にとっては絵空事で、リアリティーが感じられないということだろう。そこであわてて設定されたのが、身分の低い空蟬などや、容色の劣る末摘花のエピソードだ。そのようなヒロインならば、年増の女房も、美人ではない女房も、わがことのように感じ、身を乗り出して聞いてくれる。

このように、『源氏物語』は聞き手のニーズに対応して、さまざまなヒロインを登場させ、無限に増殖していくことになる。

その中で、光源氏というヒーロー像も、徐々に形成されていったのだろう。

女房たちが愛し、憧れるヒーロー像とはどのようなものか。

左大臣源雅信には先妻の男児として、すでに台閣の一員の参議に昇っている源時中《ときなか》がいるが、妻帯して独立している。穆子の実子としては、倫子のすぐ下に弟が二人いたのだが、二人とも出家していた。

つまり土御門殿には、ヒーローというべき妙齢の男子はいなかった。だからこそ、語り手の紫式部も聞き手の女房たちも、空想の物語によって夢のようなヒーローを追い求めたのだろう。

光源氏は源氏一族のヒーローとして語られた。女房たちの多くが下流の源氏一族なので、源氏のヒーローに憧れるのは当然のことだ。教養のある女房たちのことだから、かつて源高明という悲劇のヒーローがいたことも熟知していただろう。

あとは『伊勢物語』のヒーロー在原業平や、『平中物語』の平貞文（「平氏」も臣籍降下した元皇族）、さらには「しのぶもぢずり」の歌を詠んだ源融など、歴史上の人物のイメージも頭の中にあったのかもしれない。

『源氏物語』のオープニング

『源氏物語』はほんとうはどこから書き始められたのか。

わたしは独断的に、最初に書かれたのは「若紫」の巻だということで話を進めてきたのだが、その後、『源氏物語』はどのように語られて、最終的にいまのような順番で五十四帖がまとまったのか。

おそらく紫式部は、聞き手の女房たちのニーズに合わせて、「若紫」の巻の直後に続く

「末摘花」や、その直前に位置する「夕顔」、さらにその前の「空蝉」のエピソードを順不同で語っていったのだろう。皇族のお姫さまの話では女房たちが満足しないので、さまざまなタイプの女たちが登場し、それに対応する光源氏のキャラクターも、幅が広くなっていく。女たちのニーズに合わせているうちに、主人公光源氏の器量がどんどん大きくなっていったのではないか。

個々の女を愛する場面ではただ優しさと色好みの面だけが見えてくる主人公だが、エピソードを重ねていくと、いわば博愛の精神といったものが多くの女を包み込んでいくことになる。そのスケールの大きさが光源氏という独創的な人物像を育てていったのだろう。読者のニーズが、光源氏というキャラクターを作り上げたのだ。

「若紫」の巻は、今後の展開を暗示する要素がちりばめられていると同時に、この「若紫」で描かれている時点よりも以前に、何がしかの経緯があったことが示されている。それを過去の回想ということではなく、「若紫」よりも以前の巻として語り、次第に「若紫」の巻の位置が、冒頭の巻から、現在の五巻目に繰り下がったのではないか。

そのように「若紫」よりも以前のエピソードを語るうちに、作者の紫式部は、読み切りの短篇として語られていたそれぞれの巻の順番を考えるようになり、やがてシリーズのオープニングとなる巻を設定する必要を感じたのだろう。そこで紫式部が書いたのが、「帚木《ははきぎ》」の巻だろうとわたしは考えている。

「帚木」はよく知られている「雨夜の品定め」の場面から始まる。五月雨《さみだれ》の降る夜、まだ若く位階の低い光源氏が、同僚たちと宮中で宿直《とのい》をしている。物忌みと呼ばれる日で、外出もできないし仕事もない。暇を持て余した男たちが、これまでに付き合った女たちについての体験談を語り合い、女の品定めをすることになる。さまざまな女のエピソードが出てくるのだが、主人公の光源氏は黙り込んでいる。

まるでオペラの序曲のような場面だ。思わせぶりに女たちの姿が見え隠れするのだが、主人公は何も語らない。ただ光源氏は心の内で、自分がひそかに想っている女こそは、いかなる欠点もない至上のお方だと考えている。その心の中のつぶやきのようなものだけが、この場面では示されている。もちろんその至上のお方とは、光源氏が少年のころから憧れていた藤壺中宮だ。

長大な『源氏物語』の物語群のオープニングとして、見事に構成された場面ではないだろうか。しかもここには、藤壺中宮のイメージだけでなく、男たちの話の中に、のちに光源氏も関わることになる夕顔（傍系の巻の「玉鬘十帖《たまかずら》」のヒロイン玉鬘の母）の話も出てくるし、『源氏物語』という作品そのものが、女の品定めの物語だとも考えられるので、全体を象徴するようなオープニングにもなっているのだ。

巻名となっている「帚木」とは、和歌に詠まれた幻の樹木のことで、「逢えそうで逢えない」といった意味がある。ここでは巻の最後に登場する空蟬という身分の低い女（紫式部自身を投影しているとされる）を指しているようでもあるのだが、光源氏の前を束の間よぎっていく藤壺や夕顔、さらには記憶にもない母の桐壺更衣《きりつぼのこうい》の面影など、さまざまな女たちの姿を、この言葉で象徴させているのかもしれない。

しかしながら、この「帚木」の巻は、現在の順番では二巻目に置かれている。その前に置かれている一巻目の「桐壺」の巻は、どのようにして書かれたのだろうか。

藤壺は物語全体の鍵となる重要人物だが、「帚木」の段階では光源氏の心の中にしか登場しない。心の中にあるということは、それ以前に具体的な逢瀬の場面があったはずだ。光源氏の母の桐壺にしても、具体的なイメージは何も示されていない。「帚木」から「若紫」の巻までの展開を読むだけでは、何も見えないということになる。

読者はすでに語られた話に先立つエピソードを知らないまま、宙吊り《ちゆうづ》りにされた状態になってしまう。紫式部は当初、伏せられた過去のエピソードはのちの巻で少しずつ明らかにしていけばいいと考えていたのかもしれないが、『源氏物語』は一貫した長篇ではなく、各巻が独立した短篇集という趣になっているので、過去が不明のままでは読者の不満がつのってしまう。

すでに述べたように、『源氏物語』は当初は紫式部自身が自分で語り、和紙に書かれてからは女房たちが交替で朗読したのだろう。自分が語る時はもとより、ほかの女房が朗読する場合も、紫式部自身がその場に臨席していることが多かったと考えられる。従って、聞いている女房たちの表情の変化を、作者が直接目にすることになる。読者のニーズや不満を、作者は朗読の現場で感じ取ることができたのだ。

そこで紫式部は読者へのサービスとして、「帚木」に先立つエピソードを集めた外伝のような巻を設定することにしたのだろう。現在の第一巻の「桐壺」は、物語としてのふくらみの乏しい、あらすじだけのエピソード集になっている。作品を一貫した長篇小説として読もうとする現代の読者にとっては、何とももののたりないところだ。

この巻で、光源氏の母にあたる桐壺更衣の境遇は明らかにされるのだが、亡き母を慕って藤壺のもとに通っていた少年の光源氏が、藤壺と最初に男と女の関係になった場面は、ここでも具体的には描かれていない。

この不満は『源氏物語』のファンの間に広まっていて、「桐壺」と「帚木」の間にはもう一つ幻の巻があるのではと噂されるようになった。実際に紫式部は、女房たちにはそのエピソードを語っていながら、皇子が中宮と通じて不義の子を産ませるという背徳的な内容に作者自身が畏《おそ》れ多いものを感じて、一条天皇に献上する写本には含めなかったといったことがあったのかもしれない。

幻の巻の噂は一人歩きして、「かがやく日の宮」という巻名までが語り伝えられていた。作家で評論家でもある丸谷《まるや》才一氏が、『輝く日の宮』（講談社文庫）という小説の中で、実際にその幻の巻を「復元」してみせるといった試みもされている。

いずれにしても、五巻目の「若紫」だけではよく見えなかった光源氏のキャラクターが、前後の数巻が揃うことによって、スケールの大きな魅力的な人物像として、読者の女房たちの支持を受けることになったのは確かだろう。

重要なことは、このスーパーヒーローが、源氏と呼ばれる皇族だということだ。紫式部が語り始めた主人公は、『伊勢物語』の「在原」や、『平中物語』の「平」など、臣籍降下した貴公子の貴種流離譚をスケールアップした物語として、抵抗勢力の本拠地である土御門殿の女房たちに愛される人物像に育っていくことになった。

だが、そこに、思いがけない展開が生じることになる。

反体制的な志向をもった紫式部と女房たちの前に、突如として、現実のヒーローが現れたのだ。

藤原道長。

皇太后詮子によってもたらされた縁談は、左大臣家の人々にとっては、青天の霹靂《へきれき》であったに違いない。

摂関家の御曹司の登場

これまでにも何度か触れてきたが、藤原道長には『御堂関白記』という日記がある。しかし現存する日記は、三三歳の道長が、長女の彰子を一条天皇のもとに入内させ、いよいよ長期的な権力の座を目指し始めるころからの記録で、若いころの道長が何を考えていたかは、まったくわからない。

紫式部の同僚の女房だった赤染衛門が書いたとされる『栄華物語』には、若き日の道長も登場する。しかしそこに書かれている景気のいい武勇伝めいたものは、のちの大権力者となった道長の姿をもとに、若いころもこんなふうだったのではないかという、作者の想像によって描かれたものだと思われる。

わたしの見るところでは、若いころの道長は実母の末っ子で、甘やかされたマザコン気味の少年ではなかったかと思われる。

道長の母は摂津守藤原中正《なかまさ》の娘で、名は時姫《ときひめ》と伝えられる。父の最高官位は従四位上の左京大夫で、受領クラスの下級貴族にすぎない。身分の低い出自にもかかわらず時姫は兼家《かねいえ》の邸宅東三条殿に居住し、正室とされた。かなりの美女だったのではないだろうか。

時姫は道隆《みちたか》、超子《とおこ》、道兼《みちかね》、詮子、道長という三男二女を産んだが、道長が一五歳の時に亡くなった。

道長は正室の末っ子で、次兄の道兼より五歳下、次姉の詮子より四歳下だ。上の子と年が離れているので、母親には可愛がられたことだろう。数え年の一五歳と言えばいまならまだ中学生で、母親の死はショックだったのではないか。

それ以後は、姉の詮子が母代わりだった。ちょうど詮子は里下がりした実家の東三条殿で一条天皇を出産し、その後も数年間、そこに居住していた。同じ邸宅に一五歳の道長もいた。当時の道長はまだ位階もなく職も与えられていなかった。道長と一条天皇は詮子のもとで、年の離れた兄弟のようにして同居していた時期があったのだ。

二人が住んでいた東三条殿の小路を挟んだ南側に高松殿という邸宅があった。そこには源氏一族の悲劇のヒーロー、源高明の娘の明子《あきこ》が住んでいた。父の高明の失脚後、明子は父の同母弟の盛明《もりあきら》親王に引き取られたのだが、その盛明親王も道長が二一歳の時に亡くなっていた。

詮子は以前からこの不幸な女性のことを気にかけていて、支援をしていたようだ。そして弟の道長に通うように勧めたのだろう。

明子は道長よりも一歳年上で、すでに二二歳になっていた。当時としては婚期を逸した状態だった。

婚期を逸したという点では、道長の正室となった倫子も同様だった。倫子は道長より二歳年上だった。左大臣源雅信の長女であるから、天皇のもとに入内させたいという思いが、父雅信にはあったはずだが、幼帝が擁立されるようになり、入内するのが難しくなった。

雅信が道長を受け容《い》れた理由が、もう一つ考えられる。すでに述べたことではあるが、ここで再確認しておこう。

雅信には先妻との間に時中という長男があり、道長が入り婿となった時点では四五歳で参議をつとめていた。のちに内覧の宣旨を受けた道長の協力者として、最終的には大納言に昇ることになる。

倫子は、後妻で雅信の正室となった穆子の子だった。倫子には同母弟が二人いた。一歳違いの弟の時通《ときみち》は、摂政兼家の専横に嫌気がさしたのか、突然に出家していた。さらにその下の弟の時叙《ときのぶ》までもが、ほぼ同時に出家してしまった。

詮子から道長を入り婿にという申し出があったのはその直後だったのだ。雅信としても、正室の実子の男児を相次いで失った直後だったので、婿として迎えた道長に期待をかけるしかなかったという事情があるのだ。

こうした事情を考えていくと、道長自身に、ほとんど主体性がないという感じがしてしまう。跡継ぎを失った左大臣、その左大臣を味方に引き入れようと画策した姉の詮子、入内の機会を失して薹《とう》がたってしまった倫子。そうした人々の思惑に操られるようにして、道長は土御門殿に引き込まれてしまった。

道長自身は、自分の将来について、確たるビジョンをもっていなかったのではないか。確かに二二歳の道長に、希望がもてるような未来は見えていなかっただろう。兄二人がすでに台閣に入っているのに対し、入り婿の話が進んだ時点では、道長は左近衛少将にすぎず、台閣には程遠い役職だった。

ところが入り婿になった直後の永延二年（九八八年）正月の叙任で、道長は参議を飛び越えて権中納言となった。岳父となった源雅信の強い推挙があったのだろう。一条天皇はまだ九歳で、政務に口出しするようなことはなかった。おそらく母の詮子がこの叙任を提案したのだ。左大臣家ならば、反対する者はいない。父の摂政兼家としても、わが子の道長の叙任については、反対する理由がなかった。

道長が左大臣家の入り婿となることによって、摂関家と抵抗勢力の左大臣家の間に、融和が成立するという、誰からも祝福される婚儀であったと思われる。

それにしても、この婚儀の首謀者は明らかに詮子で、四歳年上の詮子の言いなりになって婿入りさせられた道長は、確かに何とも頼りない若者という印象が強い。

正室の倫子は二歳年上、側室の明子は一歳年上。いわば姉が三人いるようなものだ。年上の女たちに守られた、のんびりした御曹司。

道長とはそういう人物だった。

先に述べたように、倫子の弟二人は出家していた。長老の左大臣は別として、道長は邸内にいる若殿さまとして、突如として土御門殿の主役に躍り出ることになった。

女房たちは、そして紫式部は、この若者の出現をどのように見ていたのだろうか。

邸内を仕切っているのは、正室倫子だったろう。

倫子は二歳年上なだけだが、入り婿の道長としては、土御門殿で生まれ育った倫子に対しては、頭が上がらない。道長は邸内では借りてきた猫のように縮こまっていたのではないだろうか。

入り婿を斡旋《あっせん》した時、詮子は高松殿の明子の存在を穆子や倫子に告げていたはずだ。多くの女たちの間をさまよい歩くことがないよう、一人の側室だけを弟に与えた。この堅実な姉らしい判断を、倫子も諒承《りょうしょう》したのだろう。

正室の倫子は、詮子の方針をそっくり受け継いだ。高松殿の明子のところに通うことだけは許すが、それ以外の女との付き合いは認めない。倫子は左大臣の長女であり、プライドの高い女性であったろう。道長に対しても、厳しく監視するような感じだったのではないか。だから邸内の女房たちは、気安く道長と付き合うことは許されなかっただろう。

紫式部も同様だった。館を仕切る倫子の婿となった御曹司を、ただ遠くから眺めることしかできなかったに違いない。

第五章　紫式部の恋と野望

道長《みちなが》は光源氏のモデルなのか

藤原道長は摂関家の御曹司にして左大臣家の入り婿となった。それは土御門殿の女房たちにとっては、白馬の王子さまと感じられたことだろう。しかも正室倫子《ともこ》の厳しい目があって、けっして近づくことのできない、憧れのスーパースターだった。

その姿を見て、聡明な紫式部は何を感じただろうか。

紫式部はただの女房ではない。漢籍の教養があり、和歌にも物語にも通じている。しかも、土御門殿の女房たちを夢中にさせる物語を自分で書いている。

教養のある女房は少なくないだろうが、自分で物語を書ける才能は稀有《けう》のものと言っていいだろう。

のちに紫式部は倫子の娘の彰子《あきらこ》に仕えることになるのだが、そこには『和泉《いずみ》式部日記』の和泉式部、『栄華物語』の作者とされる赤染衛門《あかぞめえもん》、歌人として名高い伊勢大輔《いせのたいふ》ら、錚々《そうそう》たる女房が揃っていた。それらは藤原道長の政略によって集められた才女たちだった。しかし道長が入り婿となったこの時点では、土御門殿に仕えていたのは赤染衛門だけだったろう。土御門殿においては紫式部の存在は際立ったものだった。紫式部自身にも強い自負があったはずだ。

道長は儒学や漢籍の勉強をしたわけではない。下級貴族の子弟ならば、出世のために大学寮の文章生《もんじようせい》となる受験勉強をする者も多かったが、摂関家の生まれだから、嫡男ではなくとも叙爵（貴族とされる五位への叙位）は約束されている。もちろん必要最低限の知識はもっていて、『御堂関白記』という漢文の日記を遺している。しかしその漢文は間違いが多く、文脈の不明な箇所があって、いまでも学者がパズルを解くように解読の作業に取り組んでいる。

和歌もいちおう詠むことはあったのだが、最も有名なのがあの望月の歌だから、才能に恵まれていたとは言えない。

才女の紫式部から見れば、勉強のできない甘やかされたお坊ちゃまと感じられたことだろう。摂関家の御曹司であろうと、知性の乏しい人物に、紫式部が魅力を感じるとは思えない。むしろダメな男だと、見下すような気持ちだったのではないだろうか。

『源氏物語』の主人公は、恋多き魅力的な貴公子だ。一方、現実の道長は、正室の倫子に監視され、通っていくところは姉が世話してくれた側室の源明子《あきこ》のところだけという、生真面目すぎるのか、人生そのものに意欲がないのか、まったく面白味のない人物に見えたはずだ。

光源氏とは似ても似つかない、冴えない若者だと、紫式部は断じたと思われる。

しかしそれは第一印象だ。

のちに書かれた『御堂関白記』を見ると、権力者となった道長が、いまは配下となった同世代の文官たちに、細かい気づかいをしていることがわかる。それは父の兼家《かねいえ》や、兄の道隆《みちたか》が、権力をかさに着て専横ともいえる態度をとったこととは対極の、謙虚な姿勢と見ることができるし、それだけの計算高さをもった聡明な人物でもあったのだろう。

晩年には道長も少し油断したのか、座興で望月の歌を詠んだりもした。本人は座興のつもりで、自分の日記にも記載していないのだが、その場にいた藤原実資《さねすけ》がしっかりと自分の日記（『小右記』）に書き留め、後世にまで語り伝えられることになった。その書きぶりからすると、名歌だと思ったわけではなく、道長がこんなひどい歌を詠んだ、といった感じで、笑いものにしているのだ。

実資は道長より九歳年長で、若いころは道長と対立することが多かった。道長が大権力者になってからは表面上は協力的になり、最終的には右大臣に昇っている。しかし日記を見ると摂関家に対しては批判的で、道長に対しても最後まで距離をとっていることがわかる。だが道長の方はそのことに気づかず、実資のことをすっかり信頼していたようだ。

細かい気づかいをする戦略家という側面がある一方で、かなり鈍感で、図に乗りやすいところがあったのかもしれない。

そういう意味では、道長という人物には、表と裏がある。謙虚に見えてしたたかな野心を秘めている。繊細なところと鈍感さが共存している。姉や正室の倫子を恐れているようで、不思議なほどの度量の大きさを感じさせる。そういう複雑な魅力を秘めた人物だったと見ていいのではないか。

若き日の道長は、二人の兄の下に置かれ、入り婿となったことで正室の倫子の監視を受けることになった。そういう状況を甘んじて受け容れている優しさ、気弱さを表面的には装いながら、いつの日か自分にも権力の座に近づく機会があるはずだという野心を、巧みに隠していたとも考えられる。

紫式部は人生経験の乏しい少女にすぎなかったが、漢籍や物語を読み込むことによって、歴史についても、人間についても、深い見識をもっていた。

道長の内部にある、いくぶん屈折した野心のようなものを、早い段階で見抜いていたとも考えられる。

入り婿の直後に権中納言に叙任されてから三年後、道長は権大納言となる。父の兼家は亡くなったが、長兄道隆の嫡男の伊周《これちか》が道長を追い越して内大臣に任じられたので、摂関家の四番手であることに変わりはない。その二年後に岳父の左大臣雅信《まさざね》が亡くなる。だが弟の重信《しげざね》が左大臣に昇ったので、源氏一族の中でも二番手にすぎない。中宮大夫、左近衛大将なども兼務しているのだが、実質的な職務は何もない。

権力者の親族としてただ台閣に加わっているだけの無能な人物とも見えるのだが、それでも道長は、のちの権力者としての風貌をちらりと見せるようになっていく。

その一例が、中宮大夫の職務放棄だ。亡くなった父兼家の跡を継いで摂政となった長兄の道隆は、娘の定子《さだこ》を一条天皇のもとに入内させ、道長を中宮大夫に任じた。しかし道長は祝いの席にも列席せず、中宮大夫の職務もまったく果たさなかった。兄に対するあからさまな反抗だ。源氏の入り婿となったことで、摂関家嫡流とは距離をとるという姿勢を示したのだろう。

摂政の命に反するというのは、胆《きも》の据わった態度だと言えるだろう。そのあたりから道長は、権大納言にふさわしい貫禄を見せるようになっていたようにも思える。

第一印象とは違って、意外に大きな器量をもった人物だと、紫式部も感じるようになったのではないか。

だとすれば、身近なところで接した道長という人物の特質が、『源氏物語』の光源氏というキャラクターにも、いくぶんかは反映されているはずだ。

紫式部は美人だったか

道長の方は、紫式部のことをどう見ていたのだろうか。

『紫式部日記』の文章を見れば、彼女が高いプライドをもった、やや暗く、理屈っぽい人物であることが見えてくる。

もちろんこれを書いた紫式部は三〇代の半ばで、かなりの年増となっているし、女官として責任ある地位についているようにも感じられる。そのせいで高みから批判するような文章を書いているとも考えられるのだが、人間の資質や性格は、子どものころから具《そな》わっているはずで、道長が最初に出会った一五歳くらいの紫式部の印象も、それほど隔たりがあったわけではないだろう。

可愛らしい女ではない。

それに、絶世の美女というわけでもなかっただろう。

ここで紫式部の母親について述べておこう。母方の先祖をたどると、藤原長良《ながら》に到達する（七七ページの図7参照）。摂政となった良房《よしふさ》の兄で、『伊勢物語』にも登場する基経《もとつね》、高子《たかいこ》の父だ。

長良の正室の乙春《たかはる》（傍流の藤原総継《ふさつぐ》の娘）は、仁明《にんみよう》天皇が寵愛した沢子《さわこ》の妹で、美貌の姉妹だったと言われる。長良の子の基経や高子の同母弟に清経《きよつね》という人物がいる。基経の弟として参議にまで昇った。これが紫式部の母の先祖だ。

清経の子息の元名《もとな》も参議をつとめ、その子息の文範《ふみのり》は中納言だった。この文範が紫式部の母方の曽祖父にあたる。文範は北山の先に大雲寺という寺を創建したことでも知られている。「若紫」の巻で、病となった光源氏が北山の先の山寺を訪ねるというのは、この大雲寺を想定して書かれたのだろう。

文範は長命で紫式部が二〇歳を過ぎるころまで生存していた。この寺を隠居所としていたので、紫式部は曽祖父のこの寺を何度か訪ねたことがあったに違いない。だからこのあたりの土地勘があったのだ。

ついでに述べておくと、「宇治十帖」の舞台となった宇治には、倫子の叔父の源重信が別荘をもっていた。倫子や女房たちが総出で、宇治に遊ぶということもあっただろう。のちには道長も別荘をもち、さらに子息の頼通《よりみち》がその地に平等院鳳凰堂《ほうおうどう》を建てることになった。宇治は紫式部にとっても親しい場所だった。

紫式部の幼少のころに、実母は亡くなっている（父は再婚した）。母の容貌についても何の情報もないのだが、美貌の乙春の血が脈々と紫式部にまで伝わったということも充分に考えられる。

紫式部の母方の祖父の藤原為信《ためのぶ》は、最高位が常陸介《ひたちのすけ》で、そこで家系としては没落してしまった。

父方の曽祖父は堤中納言と称された兼輔《かねすけ》だが、祖父の雅正《まさただ》は豊前守で、受領クラスに没落している。父の為時《ためとき》も儒学者としては高名だったが、叙爵もされていない低い身分だった。父方も母方も、曽祖父までたどれば中納言なのだが、紫式部自身は没落した下流の出身と言うしかなかった。

その身分の劣等感に加えて、紫式部にはもう一つ、劣等感があった。

紫式部には姉があったが、流行病の天然痘で亡くなっていた。姉の看病をしたので、紫式部自身も天然痘に感染したはずだ。

幸いにも命を落とすことはなかったが、後遺症として、顔や体に、病の痕跡が残っていたのではないか。遠目にはそこそこ美人だったのかもしれないが、紫式部は自身の容貌に劣等感をもっていたのではないかと思われる。そのことが陰気で控え目な性格につながったのかもしれない。

紫式部は底抜けに明るいといったタイプではない。清少納言は美人ではなかったが、つねに明るく、自信に充《み》ちていた。紫式部は反対に、引きこもりがちの性格だ。家柄にも容貌にも自信がもてないので、男に対しても、自分からは積極的になれない。まさに「帚木」に出てくる空蟬《うつせみ》のような、控え目な女だった。

そういう劣等感と控え目な性格に、自分には教養があるというプライドが合わさって、並外れた空想癖につながり、やがて物語作家として開花した。

すでに土御門殿において、紫式部は物語作家として認められていた。その点に関しては自信がある。だからほかの女房たちのように、摂関家の御曹司に対して、遠くから憧れるような気持ちで眺めるのではなく、物語作家としての冷徹なまなざしで、どの程度の男なのか、見極めてやろうといった気持ちでいたのではないか。

そういう紫式部の厳しいまなざしを、道長も感じとっていたことだろう。初めは女房たちに交じった目立たない女だった。しかしその鋭いまなざしには、何かを感じたはずだ。

あるいはかなり早い段階で、正室の倫子が紫式部を紹介したとも考えられる。親戚であるし、物語を創造するという特異な才能の持ち主だから、これはただの女房ではないと伝えて、物語の内容についても説明したということも充分にあり得るだろう。

道長は、物語などといったものには興味がなかっただろう。しかしそれが、摂関家などが登場しない昔の話で、源氏一族の英雄が活躍する物語だと聞かされれば、少しは興味を覚えたかもしれない。

摂関家嫡流の全盛時代に、源氏の英雄を描く。その果敢な挑戦に対しては、道長も何かを感じたのではないか。道長もまた、摂関家では冷遇されていて、源氏の左大臣のもとに入り婿となった、いわば抵抗勢力の側の人間だったからだ。

いったいどんな女なのだろう……。

道長は紫式部という女に、強い関心をもったのではないか。

もしも紫式部が、土御門殿の渡殿に部屋を与えられた住み込みの女房だったなら、何事も起こらなかっただろう。邸内には倫子の厳しい監視の目があった。

しかし紫式部は女房ではなかった。女房のような仕事もこなし、紫式部という女房のような通称で呼ばれてもいたが、夜になれば大路を渡って斜向かいにある自邸に帰っていく。そこまでは、倫子の目も届かない。

道長は高松殿の明子のもとに通うことは許されていた。高松殿に向かう振りをして土御門殿を出た道長が、宵闇にまぎれて大路を渡り、斜向かいにある紫式部の邸宅に忍び込んで、居室の戸を叩《たた》くということもあったのではないか。

戸を叩くということですぐに連想されるのは、『紫式部日記』に描かれている、道長が紫式部の渡殿にある居室に訪ねてくるくだりだ。そのあたりをじっくり検討することにしよう。

『紫式部日記』に描かれた二人の関係

この日記は、一条天皇のもとに入内した道長の長女の彰子が、長男の後一条天皇を産むところから始まっている。

単なる日記ではなく、道長にとっても外戚への道の第一歩となる重大な局面の、公式記録を残しておくといった意味合いで書かれたものだろう。従ってここには当然のごとく、道長が頻繁に登場する。

日記の初めの方にも、早朝に紫式部が渡殿から庭園を眺めていると、道長が近づいてくる場面が描かれている。

そこで二人は和歌を交わす。

相聞歌とも思えない、何気ない和歌なのだが、その何気なさが、二人の付き合いの長さを感じさせる。長年連れ添った夫婦のような、穏やかな関係が見てとれるのだ。

彰子が出産したのは父道長の邸宅で、彰子の里でもある土御門殿だ。無事に皇子を出産し、母子ともに内裏（当時の里内裏は一条院）に帰還する時に、生まれた皇子の父親である一条天皇に手土産を届けることになる。

その手土産に選ばれたのが、紫式部が書き続けている『源氏物語』シリーズの新作だ。紫式部は斜向かいの自邸に出向いて、書き上げたばかりの草稿を渡殿にある自分の部屋に持ってくる。これから清書をした上で、女房たちに手分けをして筆写させるという段取りだ。

このことからもわかるとおり、すでに一条天皇は『源氏物語』の熱いファンになっていた。おそらく紫式部が出仕して以後は、彰子のサロンでは毎日のように、『源氏物語』の朗読会が開かれていたのだろう。もはや中年の作家となっていた紫式部は自分で語るのではなく、若い女房に朗読させていたのではないか。

一条天皇も毎日、その朗読会に参加し、愉しい朗読が終わって夜が更けると、そのまま彰子のところに泊まっていくことも多かったと考えられる。入内して九年目にようやくにして第一子が誕生したのは、『源氏物語』の功績だと言っても過言ではないだろう。

これは二人目の皇子（後朱雀《ごすざく》天皇）の誕生後のことだが、紫式部が自邸にあった草稿を清書するために渡殿の房に持ち込んでいたのを、道長が勝手に部屋に入ってどこかに持ち出すという事件が起こった。どうやら皇太子（三条天皇）のもとに入内した次女の妍子《きよこ》のところに届けさせたらしい。

そのころの『源氏物語』は、人気のベストセラーのような状態だったのだろう。一条天皇だけでなく、皇太子もまた『源氏物語』の続篇を待望していたのだ。新作が出たとなれば、天皇も皇太子も、一番に読みたいと思う。つまり『源氏物語』の続篇は、娘のもとに天皇や皇太子を誘い込む、最大の武器だということなのだ。
このくだりを読むと、権力者だから当然のこととはいえ、道長は紫式部の部屋に自由に入ることが許されていたようだ。通い慣れていたということだろう。道長と紫式部はステディーな関係にあったと見ることができる。
『紫式部日記』の最も問題となる場面が、全体の末尾に近いところに記載されている。ここは全文を原文のままで引用することにしよう。

源氏の物語《がたり》、御前《おまへ》にあるを、殿の《とのゝ》御覧《らん》じて、例《れい》のすゞろ言《ごと》ども出《い》できたるついでに、梅《むめ》の下《した》に敷《し》かれたる紙《かみ》に書か《かゝ》せたまへる、

すき物と名にし立《た》てれば見《み》る人の折《お》らで過《す》ぐるはあらじとぞ思《おも》ふ

たまはせたれば、

「人にまだ折《お》られぬものをたれかこのすきものぞとは口《くち》ならしけん

めざましう」と聞《き》こゆ。

渡《わた》殿に寝《ね》たる夜、戸《と》をたゝく人ありと聞《き》けど、おそろしさに、音《をと》もせで明《あ》かしたるつとめて、

夜《よ》もすがら水鶏《くひな》よりけになくなくぞ真木《まき》の戸ぐちにたゝきわびつる

返し、

たゞならじとばかりたゝく水鶏《くゐな》ゆへ《ゑ》あけてはいかにくやしからまし

（岩波書店『新 日本古典文学大系 24』）

引用したこのくだりは二つの場面が接ぎ合わされている。まずは前半部分だが、「源氏の物語」という語が出てくる。紫式部自身が自らの作品を「源氏の物語」と呼んでいる特筆すべき箇所なのだが、ここではさして大事なことではない。

中宮彰子の部屋に『源氏物語』があるのを道長が見つけて、その物語についてとりとめもないことを語ったついでに、梅の実の下に敷いてあった紙に道長が和歌を書いた。その内容は、恋の物語を次々に書き綴《つづ》る紫式部は、よほどの「好き者」だろうと評判になっているのだから、多くの男がやってくるのだろうね、というようなことだ。

これに対して紫式部は返歌として次のような和歌を詠む。わたしは誰にもくどかれたことがないのに、誰がそんな評判を立てたのでしょう。

そう言って、突然、後半に突入する。これはここで交わされた和歌をきっかけに、過去のことが思い出されたのだろう。

紫式部が渡殿の自分の部屋で寝ていると、戸を叩く人がいる。恐ろしくなって戸を開けずにいると、朝になって道長が和歌を贈ってきた。その内容は、一晩中、クイナみたいに鳴き続けて、固い戸を叩き続けて嘆いていたのですよ……というものだ。

紫式部の返歌は次のようなものだ。

ただならぬようすで叩かれても、ただ鳴くだけのクイナみたいに心のこもっていないお方ですから、戸を開けていたらクイ(悔い)が残ったことでしょう……。

この過去の回想は、紫式部の部屋の戸を道長が激しく叩いたのに、紫式部が戸を開けなかったという話だ。

この部分を見て江戸時代の学者は紫式部を「貞女の鑑《かがみ》」ととらえたりしたのだが、おそらく南北朝時代の『尊卑分脈』の編纂者は、この部分を根拠にして、「御堂関白道長妾」と記載したのだろう。

どうしてそのような正反対の結論となるのか。実は平安時代においては、男が女を訪ねた時、一度目は拒絶するというのが、一種の儀礼になっていたのだ。紫式部がここで「戸を開けなかった」と書いているのは、二度目には「戸を開けた」ことを示している。

だからこそこの回想は、前半部分の、「わたしは誰にもくどかれたことがないのに、誰がそんな評判を立てたのでしょう」という反語的な問いかけにつながっていく。言葉では明示されていないけれども、「わたしをくどいて『好き者』だなどという評判を立てたのはあなたご自身でしょう」という意味を暗示しているのだ。

ここを見れば、道長と紫式部が、長く交際を続けた深い関係にあることが明らかに示されていると受け止めることができる。

父の昇進と紫式部の結婚

『紫式部日記』に記されているのは、渡殿にある女房の部屋に道長が訪ねてくる場面だが、それは紫式部が女官として宮中に出仕した、三〇歳を過ぎたあとのことだった。それよりも遥か以前、紫式部が父の邸宅にいるころに、道長は紫式部を訪ね、関係をもったのではないかと思われる。

それがいつのことなのか、正確なところはわからないが、道長が政権を掌握する以前のことであるのは間違いない。というのも、道長が内覧の宣旨を受け、国司の任免権を掌握した直後に、紫式部の父の藤原為時が越前守に任じられているからだ。

長く失業していた為時が、いきなり受領に任じられる。しかも越前は大国なので、為時は従五位下に叙せられ、貴族の一員と認められた。ここには道長の裁量が関わっていると見るしかない。

しかもその任免には、ちょっとしたドタバタがあったようだ。

道長が内覧となった長徳元年（九九五年）の翌年、長徳二年正月の叙位で、為時は淡路守に任じられた。すでに述べたように、国司の長官は叙爵ぎりぎりの下級貴族の仕事だが、荘園整理の任を帯びているので、自分の裁量で名義だけの荘園を摘発し課税する権限を有している。これは大きな利権で、不正を見逃したり税を軽減してもらう見返りとして、受領に賄賂《まいない》を届ける地方豪族も少なくなかった。従って四年の任期で財を成す者が多いとされていた。

花山《かざん》天皇の時代には、式部丞と六位蔵人に任じられていた為時だが、花山天皇が失脚したあとは、長く失業していた。為時は実直な儒学者で、それなりにプライドも高く、就職活動のようなことが苦手だった。結果としては、実に一〇年もの間、無職の状態だった。

それが突然、淡路守に任じられる。それだけでも驚くべき昇進だが、話はそれだけに終わらない。叙任の三日後に道長が一条天皇のもとに参内して、すでに越前守に決まっていた源国盛《くにもり》と、為時の職務を交換させてしまったのだ。

のちには、為時が一条天皇に漢詩を献上して窮状を訴えたといった説話が伝えられ、また宋人が越前に漂着した直後で、漢語の巧みな為時が適任とされたなど、いろいろと理由が挙げられているのだが、実際のところは紫式部が、淡路では不服だと道長に直談判したのだろう。

地方国は大国、上国、中国、下国にランク分けされ、淡路は下国なので長官でも従六位下程度の位階にすぎない。越前は大国で、長官となれば叙爵（従五位下）は間違いない。貴族と認められるかどうかのボーダーラインなので、大国と下国とでは、天と地ほどの違いがある。

大国の受領から外された源国盛は、落胆のあまり病となり、直後に播磨守に転じることが決まったものの、病は癒えずにその年のうちに亡くなったとのことだ。

源国盛は、光孝《こうこう》源氏の家系で、歌人として名高い源信明《さねあきら》の子息だ。さらに紫式部の同僚の女房源式部《げんしきぶ》（のちに道長の側室）の父、源重文《しげふみ》の兄にあたる。この一件は、権力者の裁量で源氏一族が失脚するという、摂関家の横暴とも言える出来事だった。反体制文学の作者としてのプライドをもっている紫式部にとっては、いくら父親の出世が絡んでいることとはいえ、自責の念に駆られずにはいられなかったのではと思われる。

同時に、紫式部の父が異例の出世を遂げたことで、紫式部と道長が特別な関係にあるのではという疑念が、世間に広がったと思われる。とくに正室の倫子にとっては、許しがたいことだったはずだ。

そのせいもあって、紫式部はしばらくの間、土御門殿に出入りできなくなったのではないだろうか。そこで紫式部は、父の赴任に同行して越前に赴くことになった。雪深い越前の暮らしは、京育ちの紫式部にとっては、かなりつらかったと思われる。父の任期（四年）を待たずに、一年余の滞在の後に単身で帰京している。

帰京の直後に、紫式部と遠縁の藤原宣孝《のぶたか》との縁談がまとまった（長徳四年／九九八年ごろ）。わたしの見るところ、この縁談は道長がまとめたのだと思われる。正室倫子の目を恐れた道長は、紫式部を誰かと結婚させてしまえば、倫子の怒りも収まるだろうと画策したのだ。

そこで目をつけたのが、紫式部の親族の宣孝だった（七七ページの図7参照）。宣孝は藤原高藤《たかふじ》の末裔で、紫式部にとっては又従兄《またいとこ》にあたる。ぎりぎりで親族だが、筑前守、大宰少弐など、九州に赴任していることが多く、親戚付き合いもなかったと思われる。

道長はこの宣孝を山城守（京都を含む地域の長官）に任じて九州から呼び戻し、越前にいる紫式部に手紙を書かせた。

宣孝は恋多き男で、妻妾が何人もいた。神楽や舞の名人で、普段の衣装も派手好きな、目立ちたがりの人物だった。受領クラスの低い身分にもかかわらず、その派手さにおいてはかなりの有名人だった。その悪名は清少納言の耳にも届いていて、『枕草子』の中の「あはれなるもの」の章にその名が記されているほどだ。

京での派手な生活が好きな宣孝は、長く九州に赴任させられたことが不満だったに違いない。山城守に任じられて帰京できることが嬉《うれ》しくてたまらず、道長に命じられるままに、歯の浮くような恋文を次々に越前に送ったのだろう。

越前に漂着した宋人を見に行きたいなどと、いいかげんなことを書いた男に対して、紫式部が返事に書いた歌が『紫式部集』に収録されている。「春なれど　白嶺の深雪　いや積もり　解くべきほどの　いつとなきかな」という、これもいいかげんな感じの歌だ。

実際に宣孝が越前に赴くことはなかったが、紫式部はこの軽薄な男との結婚を決意して帰京することにした。

紫式部としても、少女のころから世話になった倫子の怒りを和らげるためには、結婚して身を固めるしかないと決断したのだろう。

宣孝の生年は不明だが、紫式部とほぼ同じ年齢の子息があるので、紫式部とは親子ほどの年齢差のある結婚だった。

まったく同時期に、宣孝は近江守源則忠《のりただ》の娘に懸想していたらしい。則忠は盛明《もりあきら》親王の子息で、道長の側室明子は親王の養女であった。だから道長とも交流があったはずだ。おそらく道長は、則忠の娘と宣孝の関係を承知していて、わざと宣孝に手紙を書かせたのだ。このあたりには道長の巧妙な計略が感じられる。かたちの上で結婚したとしても、宣孝が紫式部のところに通っていくことはないと、最初からわかっていたのだろう。

宣孝は道長に命じられるままに手紙を書いただけで、紫式部に興味はなく、紫式部が帰京しても、実際に宣孝が通っていくようなことは、一度もなかったのではないか。

そして、まだ越前守の任期が残っていて父親が不在の邸宅に通ってきたのは、道長だった。以前と同じように、高松殿の明子のところに行く振りをして土御門殿を出た道長は、大路を渡って斜向かいの紫式部の邸宅を訪ねる。そういうことが続いたのだと思われる。

やがて紫式部は懐妊して、女児を産むことになる。

世間では宣孝の娘とされているが、わたしは父親は道長だろうと思っている。

その女児とは『小倉百人一首』では「大弐三位《だいにのさんみ》」と表記されている藤原賢子《かたこ》で、和歌の名手とされる才媛だ。どこか暗い感じの母親とは違って、自由奔放な美女だったようで、多くの男と浮き名を流した。

道長の正室倫子が産んだ四女の嬉子《よしこ》は、姉の彰子が産んだ次男の後朱雀天皇の皇太子妃として入内し、後冷泉《ごれいぜい》天皇を産むことになるのだが、その時に乳母となったのが賢子だ。嬉子は皇子を産んだ直後に疫病で亡くなったので、皇子の養育にもあたったと思われる。そのことで後冷泉天皇が即位した後に従三位に叙せられ、夫の高階成章《たかしなのなりあき》が大宰大弐であったことから、大弐三位と称されるようになった。

三位というのは、男なら台閣に加わった公卿に相当する。受領クラスの娘としては考えられない異例の待遇だと言っていい。母紫式部の名声もあったのだろうが、賢子は幼少のころから摂関家の後見を受けていたのではないか。将来の天皇の乳母を任されるというのも、上流貴族の娘と認知されていたからだろう。

定子の死と遺児たちの囲い込み

賢子が生まれた長保元年（九九九年）、道長の長女の彰子が女御として入内した。しかし同じ時期に、中宮定子がついに皇子（敦康《あつやす》親王）を産んだ。彰子はまだ一二歳にすぎない。

子が産めるようになるのはずっと先のことだ。

一条天皇は定子を溺愛している。「長徳の変」で兄の伊周が失脚し、定子は落飾した。その仏門に入った定子を一条天皇は内裏に引き入れて寵愛を続けた。道長も姉の詮子《あきこ》も、なすすべがなかった。

道長は内覧という、政務に関しては関白に等しい立場になっているのだが、後宮に関しては一条天皇の意志を尊重していた。道長は無理をせず、親政の意欲をもっている一条天皇の意向をなるべく受け容れるように努めていた。

翌長保二年、道長は一条天皇を説得して、定子を皇后、彰子を中宮とした。かつて中宮定子と皇后遵子《のぶこ》が並立していた時期があったが、遵子は一条天皇の父の円融上皇の后だった。本来なら皇太后とされるべきところだが、皇太后にはすでに詮子が立てられていたので、二后並立という異例の事態となった。

しかし今回は定子と彰子はともに一条天皇の后なので、前回の二后並立とは状況が違っている。一人の天皇に后が二人いるというのは、前代未聞の奇妙な状況だった。道長はこのことに関して、次のような理由を挙げている。天皇や后は伝統的に神事を司《つかさど》る任務をもっている。ところが定子は仏門に入っているので、后としてのつとめが果たせない。従って、新たな中宮が必要だというものだった。

暗に出家した后を内裏に入れている一条天皇を批判したのだが、それでも一条天皇は定子だけを寵愛し、彰子のもとには通わなかった。

この異様な二后並立の状況は、ほどなく思いがけない事態が生じて解決することになる。その年の年末、定子は女児を産んだのだが、難産で亡くなってしまったのだ。

遺児となった敦康親王と二人の皇女は宮中で育てられた。その世話をしたのが、御匣《みくしげ》殿《どの》と呼ばれる女官だった。

御匣殿とは本来、衣服裁縫を担当する女官たちが作業をする場所だが、その部署の別当も御匣殿と呼ばれる。その職に就いていたのは、亡くなった定子の同母妹で、瓜二つの美女だった。

亡き人のことが忘れられず、似た面影の女性を追い求める。何やら『源氏物語』のエピソードと似た話ではないか。定子は明るく闊達《かったつ》な美女だったが、御匣殿は姉と違って、控え目な人柄だったようだ。亡き姉から託された三人の幼児をけなげに育てていたのだが、その姿を見て、一条天皇は心を動かされたのだろう。

一条天皇はこの御匣殿ばかりを寵愛して、彰子のもとには通わなかった。やがて御匣殿は懐妊する。ところがこの御匣殿も、難産で命を落とした。

長保四年（一〇〇二年）七月のことだ。

専横が目立つほどの大権力者であった道隆（道長の長兄）が没した後のことだが、一条天皇のもとには有力貴族が女御として娘を送り込んでいた。

右大臣藤原公季《きんすえ》長女、藤原義子《よしこ》。

左大臣藤原顕光《あきみつ》長女、藤原元子《もとこ》。

関白藤原道兼《みちかね》長女、藤原尊子《たかこ》。

しかし一条天皇がそれらの女御のもとに通った形跡はない（元子が妊娠して破水したという記録が残っているが何かの病か想像妊娠だったと考えられる）。女御として押しつけられても、気に入らなければ無視するという、頑《かたく》なとも言える一途さがあった。結果として、懐妊したのは定子と妹の御匣殿だけだった。

定子が亡くなり、妹の御匣殿があとを追うように亡くなった。

清少納言を中心に華やかな後宮の雰囲気を盛り上げていた女房たちもいなくなった。

一条天皇は悲しみに沈み込み、引きこもり状態になっている。母の詮子はすでに亡くなっていた。

一条天皇という人物は、幼いころから病弱であり、繊細なところのある人柄だが、きわめて聡明で、親政を実現しようという強い意志と見識をもっていた。

道長は親政を目指す一条天皇をやや持て余しながらも、若き天皇を尊重し、不要な対立は避けていた。対立が生じそうになると、道長の方が病と称して自邸に引きこもるということもあった。

一条天皇はまだ若く、経験が不足していた。自分の手駒も持っていない。経済的にも、摂関家の氏の長者となり、受領などの任免権を掌握している道長の資産は、朝廷の財力を圧倒している。

しかし道長は自らの権力を誇示することはなかった。若き天皇の意向を尊重し、じっくりと時機が来るのを待った。

道長は定子が産んだ敦康親王の後見を申し出た。遺児となった親王や皇女の世話を、彰子の女房たちがつとめることとした。彰子はまだ一五歳の少女だが、姉が弟や妹のめんどうを見るように、ままごとのような母代わりをつとめた。

子どもたちは彰子の住居の藤壺（飛香舎）に入っている。

子どもたちを囲い込むことで、一条天皇と強い「絆」を結ぶ。それが道長の戦略だった。

これは一条天皇からの申し出があったのだろうが、流刑地からの帰京を許されたもののいまだ復権していなかった、定子の兄でかつての内大臣であった伊周を、大臣に次ぐ地位（准大臣）として台閣に入れる決定をした。

道長自身が敦康親王の後見となり、娘の彰子が養母の立場となっていることから、道長は養母の父ということになる。敦康親王が即位するようなことになっても、いちおうは外戚となることから、伊周を復権させても支障はないと判断したようだ。伊周は一条天皇にとっては義兄にあたる。伊周とも円満な関係を築くことが、一条天皇との「絆」をより強いものにするはずだ。

道長は一条天皇との良好な関係を持続させる必要があった。道長の秘めた野望は、本物の外戚（天皇の母方の祖父）になることだ。そのためには娘の彰子が、男児を産まなければならない。

だが、一五歳の彰子と一条天皇との間に、性的な関係は生じていない。定子の遺児を預かってはいるのだが、一条天皇が彰子のもとに通うことはなかった。

清少納言の『枕草子』には、この作品の成立の経緯が記されている。定子の兄の伊周が一条天皇に高価な和紙を献上した時、半ばは一条天皇が漢籍の筆写に用いたのだが、残りは中宮の定子に与えられた。この和紙に清少納言が随筆めいたものを書き始めたというのだ。

そこには美貌の中宮の明るく機知に富んだようすが克明に描かれている。同時に、清少納言自身の魅力的な言動も記され、そのサロンのような場所を一条天皇がいかに愛していたかが描かれている。定子は摂関家嫡流の姫君であったから、周囲の女房たちも闊達で魅力的だった。

一方、彰子の周囲の女房たちは、当初は土御門殿の女房たちがそのまま移動した。冷遇されることの多い抵抗勢力の邸宅に集められた女房たちも、不遇な傍流の源氏一族が多く、皆いちように暗かったのではないか。彰子自身も、厳しい倫子に育てられたので、教養はあるが控え目な人柄だった。

さらに、定子や清少納言に対する対抗意識があって、派手好きで目立ちたがり屋の清少納言の言動を、はしたないと批判する者が多かったようだ。だから彰子の周囲には、暗いムードがたち込めていた。これでは、一条天皇としても、気軽に彰子のもとに通うわけにはいかなかっただろう。

道長は打つ手に窮していた。

どうすれば一条天皇が彰子のもとに通ってくるようになるのか。

切り札は、一つしかなかった。

紫式部だ。

天皇親政の時代を背景として、藤原一族を凌駕する皇族の英雄を描いた『源氏物語』。これはまさに、親政を目指す一条天皇のために書かれたような物語だった。その作者を宮中に招き、続篇を書かせる。一条天皇の心を惹きつけるために、これ以上の戦略があるだろうか。

だが、それは左大臣にして内覧の道長にとっても、容易なことではなかった。紫式部は道長と親しく付き合ってはいたが、ただの愛妾ではなかった。紫式部はプライドが高く、気難しい女だった。何と言っても紫式部はあの『源氏物語』の作者なのだ。権力者といえども、偉大な作家のご機嫌をとるというのは、至難のわざだった。

第六章　摂関政治の終焉《しゅうえん》

紫式部の出仕と皇子の誕生

紫式部はプライドの高い人間だ。道長《みちなが》の私邸である土御門殿に出入りし、女房の手伝いをしたことはあったが、斜向かいの自邸から通ってくる親族であり、気の向くままに物語を書くという特権的な立場を与えられていた。

しかし、宮仕えとなれば、宮中に閉じ込められ自由はきかなくなる。

かたちばかりの夫とされた宣孝《のぶたか》はすでに亡くなっていたが、父の為時《ためとき》はまだ存命だった。越前守の四年の任期が終わると、また失業してしまったのだが、のちには左少弁に任じられ、さらに越後守として越後に赴くことになる。

叙爵（五位以上の任官）されて貴族となった家の娘が宮中に出仕するというのは、はしたないこととされていた。父が亡くなるとか、それなりの理由が必要だった。

おそらく紫式部に対して道長からの強い要請があったのだろう。ことによると失業中の父親の再就職とか、娘の賢子《かたこ》を道長が後見するとか、その種の条件が提示された可能性もある（どちらも実現される）。紫式部としても、少女のころから世話になっていた土御門殿の倫子《ともこ》との関係を修復し、恩返しするには、彰子《あきらこ》の支援をしなければならないと考えたのだろう。

おりしも内裏に火災があり、亡き詮子《あきこ》が住んでいた東三条殿が一条天皇の里内裏（貴族の私邸を臨時の御所とすること）となった（寛弘二年／一〇〇五年）。ここは一条天皇が生まれ、五歳まで育った場所でもあった。彰子や敦康《あつやす》親王も東三条殿に移った。さらに翌年には晩年の詮子が居住していた一条院が里内裏となる。平安宮の大内裏の奥まったところにある本来の内裏とは違って、里内裏ならば出入りの自由もある。紫式部も少しは気が軽くなって出仕を決断したとも考えられる。

彰子のそばには、土御門殿からのなじみの赤染衛門《あかぞめえもん》がいた。これは紫式部にとっては心強いことだったろう。道長はさらに和泉《いずみ》式部や伊勢大輔《いせのたいふ》など、和歌で有名な才女を次々に女房として送り込んだ。

彰子のまわりに才女たちのサロンを作る。彰子が「雛遊びの后」だとしても、才女たちが侍っていれば、一条天皇は必ず通ってくるはずだ。

この道長の戦略は見事に当たった。一条天皇は彰子のもとに通うようになった。そして寛弘五年（一〇〇八年）九月、彰子は男児を出産する。のちの後一条天皇だ。

彰子が生まれ育った土御門殿に里帰りしての出産だった。紫式部にとっても慣れ親しんだ場所だ。ここは道長の私邸だから、もちろん道長とも毎日、顔を合わせる。まるで長く連れ添った夫婦のような、穏やかで親愛な関係が、『紫式部日記』の冒頭部分に描かれている。

少女のころと違って、彰子のもとに出仕している紫式部は、土御門殿の渡殿に部屋を与えられている。そこに道長は自由に出入りしていたようだ。

第一章でも述べたが、藤原香子《かおりこ》という女官が掌侍《ないしのじょう》に任じられたという記録が出ているのは、その前年の寛弘四年で、この香子というのが紫式部のことだとすると、彰子の私的な女房ではなく、女官として後宮の女房たちを仕切る立場であった。

女官としての職務のほかに、紫式部には為さねばならぬ仕事があった。『源氏物語』の続篇の執筆だ。

後一条天皇が生まれた年、母の彰子は二一歳、祖父の道長が四三歳になっている。紫式部は三〇代半ばだ。すでに『源氏物語』は大長篇のシリーズになっていたことだろう。

焼亡した内裏が復元されていたが、一条天皇はかつて母の詮子も住んでいた一条院を里内裏としていた。誕生した皇子の顔を見るために、一条天皇の行幸があった。対面のあと、一条天皇はすぐに里内裏に戻る。やがて彰子も皇子とともに里内裏に戻ることになるのだが、すでに紹介したように、その時に土産として届けられたのが『源氏物語』の新作だった。

このことからもわかるとおり、一条天皇は『源氏物語』の愛読者となっていた。道長の戦略が奏功したのだ。

道長の喜びは大きかった。ついに娘の彰子が皇子を産んだ。この皇子が即位すれば、道長は外戚（母方の祖父）となり、絶対的な権力者となることができる。

だが喜んでばかりもいられない。

生まれた皇子の一〇〇日目の祝いの席で、居並ぶ公卿たちが和歌を詠んだ。その記録をとっていた書道の達人の藤原行成《ゆきなり》が最後に詞書きを認《したた》めようとした時、同席していた准大臣の藤原伊周《これちか》が筆を取り上げ、勝手に詞書きを書き入れてしまった。

そこには「第二皇子」という文言があった。伊周の妹の定子《さだこ》が産んだ長男の敦康親王こそが次の皇嗣であるという宣言とも見えて、座は騒然となった。

しかし彰子が皇子を産んだことは、道長の立場を有利にしたようだ。それ以前には、文官の中にもひそかに伊周の私邸を訪ねる者があったのだが、道長の孫となる皇子が誕生したことで、文官たちの態度はがらっと変わり、誰も伊周を訪ねなくなった。道長はすでに揺るぎのない権力者となっていた。第二皇子を皇太子に立てることなどたやすいことだと誰もが思っていた。

翌年の寛弘六年（一〇〇九年）、彰子は第三子（後朱雀《ごすざく》天皇）を出産する。もはや一条天皇は彰子だけを寵愛している。彰子の周囲には才女たちのサロンがある。もちろんその中心には紫式部がいる。源氏のヒーローを描いた『源氏物語』は、一条天皇という素晴らしい読者を得て、完成に近づいていた。

皇嗣の可能性をもった二人目の孫ができたことで、道長の未来は盤石のものとなった。

さらにその翌年、孤立していた伊周が、ひっそりと没した。享年三七。摂関家の嫡流に生まれながら、ついに最高権力の座に就くことはなかった。

もはや道長には、いかなる政敵もなかった。問題は親政を目指そうとする一条天皇との関係だけだった。

一条天皇と『源氏物語』

このころから、道長はひそかに、皇太子のもとに通うようになっていた。一条天皇より四歳年長の従兄、のちの三条天皇だ。皇太子には藤原済時《なりとき》の娘の娍子《すけこ》という妃があった。ひたすら寵愛を受けて四男二女を産んでいた。

道長は倫子が産んだ次女妍子《きよこ》の入内を図った。父の兼家《かねいえ》が長女の超子《とおこ》を冷泉《れいぜい》天皇、次女の詮子を円融天皇に入内させ、二股をかけていたように、道長もまた二股をかけようとしていた（八三ページの図8参照）。

朱雀天皇が弟の村上天皇に譲位して以後、父から子への継承ではなく、二つの皇統間で皇位を受け渡すことが恒例となっていた。実際に、一条天皇の皇嗣は、従兄にあたる三条天皇と定められていた。

たとえ生まれたばかりの後一条天皇が即位したとしても、その時には通例によって一条天皇の次の皇嗣に定められている三条天皇（現在は皇太子）の皇子を皇嗣としなければならない。

道長がその皇嗣の外戚となるためには、自分の娘を三条天皇に入内させ、男児を産ませなければならない。三条天皇にはすでに四人の男児がいるので、生まれてくる男児は第五皇子となるわけだが、政敵のいない道長としては、第五皇子を皇太子に立てることはたやすいことだった。

やがて妍子の入内は実現する。ここでも、女房たちが『源氏物語』を朗読して、それを皇太子が聞くということがあったのだろう。間を置かずに妍子は懐妊する。

残念ながら、生まれたのは女児だった。禎子《さだこ》内親王だ。

道長の落胆は大きかった。そして妍子は、一人しか子を産めなかった。このことがのちに大きな禍根を残すことになる。

だがそうしたことが問題となるのは先のことだ。当面の道長の前途は洋々としていた。親政を目指す一条天皇の要望をある程度は聞き入れ、控え目に政務を進めていたので、一条天皇との関係は良好だった。

『紫式部日記』には、紫式部が書いた草稿を、女房たちが筆写し、綴じて帖とするさまが描かれている。和紙も墨も高価なものであったから、道長の財力によって、作品の写本が作られた。一条天皇はこれを大いに愉しんだはずだ。なぜなら、『源氏物語』はまさに一条天皇のために書かれたような作品だからだ。

まずは時代設定が、摂政も関白も登場しない、親政の時代であった。とくに和歌に造詣の深かった村上天皇の時代の歌会などのようすが、作品の中に採り込まれている。見識の深い一条天皇にとっては、紫式部が歴史を踏まえて親政の時代をリアルに再現していることが見てとれたはずだ。

『源氏物語』には数多くの和歌が挿入されているのだが、それらは過去の名作を踏まえた上での本歌取りが多い。また白居易《はくきょい》などの漢詩をもとにした和歌もある。教養のある読者ほど、興味をもって読んでいけるような仕組みになっている。和歌にも漢詩にも精通した一条天皇こそは、『源氏物語』を最も愉しんだ読者だと言えるだろう。

主人公の光源氏のキャラクターは、一条天皇にはまったく似ていない。光源氏は『伊勢物語』の主人公（在原業平《ありわらのなりひら》）の影響を受けた人物で、恋多き男という設定になっている。さまざまな恋愛模様を、一人の男の物語に集約するという技法が採られている。

一方、一条天皇は、その生涯で寵愛した女は、わずか三人だけだ。定子、御匣殿《みくしげどの》、そして彰子。しかもその寵愛が重複した期間はまったくない。定子が亡くなってから妹の御匣殿を愛し、その御匣殿が亡くなってから彰子を愛した。つまり一条天皇はつねにただ一人の女人だけを愛した、稀に見るピュアな人物なのだ。

しかし、だからこそ、自分とは似ていない、恋多き主人公の活躍を、一条天皇は愉しんだのではないだろうか。

いずれにしても、摂関家の権力者がまったく登場しないこの物語は、最初は傍流の源氏一族が多い土御門殿の女房たちに語られ、最終的には一条天皇という良き読者を得て、完成に近づいていくことになった。

それを支えた道長は、摂関家の出身だが、正室の三男で、抵抗勢力の総帥とも言える源氏の左大臣の本拠である土御門殿に入り婿となった人物だった。道長も、当初は摂関家に対する抵抗勢力の一員だったのだ。

『源氏物語』はそのようにして語られ、書かれた作品だった。時代設定や主人公の設定が、『竹取物語』や『伊勢物語』のような、反体制文学の流れをくんでいることの理由も、明らかだと思われる。

しかしながら、道長自身は、やがて摂関家の氏の長者となり、大権力者としての地位を固めていくことになった。

道長は、一条天皇の親政への意欲と情熱を認めていた。彰子が皇子を産むまでは、敦康親王の後見となり、甥の伊周の復権も認めた。彰子が敦康親王の養母となり、その養母の父として自分が外戚になるというプランも胸中にあったはずだ。だが、彰子が男児を産んだことで、道長はがらっと態度を変えることになる。

次女を皇太子に入内させるというのもその一つだが、道長はその先を見据えていたはずだ。やがて、道長が専横の気配を見せる時がやってくる。

病弱な一条天皇が病に倒れ、臨終も近いと思われる時期に、側近の藤原行成を一条院に派遣して、皇嗣についての説得工作がなされたのだ。

藤原道長の外戚への道程

寛弘八年(一〇一一年)、夏。三二歳の一条天皇の病が重篤となった。

この時代は二系統の皇統の間で、皇位が交互に受け渡される。一条天皇が即位した時には、すでに従兄の三条天皇が皇嗣とされていた。三条天皇が即位するのと同時に、新たな皇太子が定められる。一条天皇としては自分が危篤となる前に、自らの子息を次の皇嗣と定めておきたいところだ。

一条天皇は当然、第一皇子の敦康親王を皇嗣にしたいと考えている。敦康親王は一三歳になっている。寵愛した定子の実子だ。いまは彰子ただ一人を寵愛している一条天皇だが、彰子の二人の実子はまだ幼児にすぎない。さらに、敦康親王は彰子が養母となって育てていた。最初は彰子もまだ少女で、ままごとのような母親だったが、二人の子を産んだ彰子は、いまではりっぱな母親となっていた。

彰子は敦康親王の聡明さを認めていた。育ての母親として接しているうちに、親王に愛情を覚えるようになってもいた。彰子自身が皇嗣は敦康親王であるべきだと認めていた。

だからこそ、一条天皇の意志は固かったと思われる。これに対して道長は、四納言の一人の藤原行成を派遣して説得にあたらせた。

一条天皇の親しい側近でもあった行成としては、心苦しい説得だったろうと思われるのだが、説得に際して、行成は次の四つの論点を挙げた。

第一、皇嗣は長幼の序ではなく、外戚が重臣であるかによって定めるべきである。

第二、皇嗣の決定は神意に従うもので、人の情愛などを差し挟むべきではない。

第三、定子は斎宮を穢《けが》した在原業平の末裔である。

第四、敦康親王にもそれなりの地位を与えれば、穏やかな生活が保障される。

これらは『権記』という行成の日記に書かれたことなので事実だろう。なお『権記』には、この強引な皇嗣の決定によって、敦康親王を育ててきた彰子と道長の間に不和が生じたことが記載されている。

一条天皇は自分を説得しようとする行成の背後に、道長の強大な権力の気配を感じたことだろう。行成は一条天皇が幼少のころに侍従をつとめ、のちには蔵人頭をつとめていた。書道の達人で和歌の造詣も深かった。年齢は行成の方が八歳年上だが、最も親しい文官であり、友でもあった。

その行成が、道長の意向を受けて、敦康親王の立太子に反対する。無理に立太子を強行しても、敦康親王が不幸になるだけだということは、一条天皇にもよくわかったはずだ。

一条天皇は決意を翻し、第二皇子（彰子の第一子の後一条天皇）の立太子を認めた。かくして道長は、将来の外戚の座を約束されたことになる。

一条天皇の崩御によって、三条天皇が即位。藤原済時の娘の娍子と、道長の娘の妍子が、女御に立てられた。のちに妍子は中宮、娍子は皇后となった。道長としても皇子を四人産んでいる娍子を無視するわけにはいかなかったのだ。

しかし道長は、娍子に対してはあからさまな嫌がらせをする。娍子立后の儀式の当日に、わざと妍子参内の儀式をぶつけたのだ。時間にタイムラグを設け、公卿たちが双方の儀式に出席することは可能だったが、妍子の儀式には大勢の人が集まり、娍子の方には大臣クラスの公卿は参列しなかった。

『御堂関白記』では、妍子の祝いの席に誰が来たかがしっかりとチェックされている。どちらに出席するかは、敵か味方かを判別するリトマス試験紙のようなものだったのだ。そういうところにも道長という人物の権力志向と、細かい気づかいが感じられる。

娍子を寵愛する三条天皇はあわてて側近の大納言藤原実資《さねすけ》を呼び、娍子の立后の儀式を仕切らせた。実資はかつての関白実頼《さねより》の後継者で、本来なら摂関家の嫡流とも言える家柄だ（六二ページの図6参照）。実資は娍子の親族以外に公卿のいない寂しい立后の席を見て、義憤に駆られたことだろう。

道長は関白の宣旨を受けたが辞退し、左大臣の職にとどまって、内覧の職務だけを受けた。父兼家の専横を反省して、謙虚な態度を示そうということだろう。

謙虚であることを装ってはいるが、道長が大権力者であることは誰もが認めていた。関白にならなくても、道長の権威に揺るぎはなかったのだ。

道長に誤算があったとすれば、中宮に立てた妍子が女児しか産めなかったことだ。そこから道長は専横とも見える暴挙を重ねていくことになる。

即位から五年後、道長は三条天皇の眼病を理由に譲位を迫った。視力が極端に衰えたため、内覧が認めた文書が読めなくなったのだ。政務に支障が出たことは事実だ。だからこそ三条天皇は道長を関白に任じ、全権を委任しようとしたのだが、道長はわざとらしく内覧の職務を果たし、天皇に文書の確認を求めた。

眼病が進んでいよいよ文書の閲覧ができなくなった四一歳の三条天皇は、皇太子に譲位して引退することになった。翌年には亡くなるので、病が重かったことは事実だが、不本意な譲位であったことは確かだ。

道長は譲位を迫るにあたって、皇太子に定められている彰子の第一子（後一条天皇）の弟の第二子（後朱雀天皇）を次の皇嗣とすることを要求した。三条天皇はそればかりは拒否して、娍子が産んだ敦明《あつあきら》親王を皇嗣に立てた。

皇太子となった敦明親王は二三歳になっている。妍子が男児を産んでいれば、たとえ赤子でも道長は強引に皇太子に立てていたはずだ。しかし妍子が女児しか産んでいない状況では、道長は敦明親王の立太子を不本意ながら認めるしかなかった。

しかし道長は敦明親王に対しても、皇太子の象徴とされる壺切御剣《つぼきりのみつるぎ》を渡さないなどの嫌がらせを続けた。敦明親王としては自分の立場の困難さを痛感するしかなかっただろう。

敦明親王には有力な後見がなかった。しかも即位した後一条天皇は敦明親王よりも一四歳も年下だった。このまま皇嗣の立場でいたとしても、自分が皇位に就くことはありえないだろう。そのことを悟った敦明親王は、自ら皇太子の座から退くことを申し出た。

敦明親王には准太上天皇の地位が与えられ、道長の側室源明子《あきこ》が産んだ寛子《ひろこ》が妃として送り込まれた。道長としては最大のサービスをしたつもりだったが、皇太子に退位を迫った道長の暴挙に、周囲の文官たちはただ呆《あき》れるばかりだった。このことで、次女の妍子と道長の間も不和となってしまった。

二人の娘と不和になりながらも、ついに道長は、揺るぎのない権力の座に昇った。娘の彰子が産んだ長男の後一条天皇の即位によって完全な外戚（母方の祖父）となったばかりか、次男の敦良《あつよし》親王（のちの後朱雀天皇）が皇嗣とされた。次の代の外戚の座まで約束されたのだ。

さらに道長は、倫子が産んだ三女の威子《たけこ》を後一条天皇の妃、四女の嬉子《よしこ》を敦良親王の妃として入内させることになる。先の先の代まで外戚として君臨する壮大な夢を道長は想い描いていた。

不和となってはいたが、長女の彰子は太皇太后、次女の妍子は皇太后、そして三女の威子が中宮となり、娘三人が三后に並んだ。しかも四女は皇太子妃だった。道長としては天にも昇る心地であったろう（八三ページの図8参照）。

三女威子の立后の祝いの席で詠まれたのが、あの有名な望月の歌だ。

この世をば　わが世とぞ思ふ　望月の　欠けたることも　なしと思へば

これは戯歌《ざれうた》であって、道長としては酔いの回った宴席で軽い気持ちで詠んだのだろうが、同席していた藤原実資がしっかりと日記（『小右記』）に書き留めた。実資は摂関家の本来の嫡流にあたる小野宮流の後継者で、それなりのプライドをもっていたはずだが、道長より九歳年上にもかかわらず、つねに道長の下位に置かれた。道長に対しては敵意のようなものを感じていて、三条天皇の側近として道長とはつねに対立していた。

道長の娘妍子の参内と、敦明親王の母、娍子立后の儀式が同日に催されたおり、実資は有力な参列者がほとんどいない儀式を取り仕切った。実資は道長にとっては最後の政敵とも言っていい人物だった。しかし実資は表面的には道長の側近となり、最終的には右大臣にまで昇ることになる（小野宮流の右大臣ということで日記が『小右記』と呼ばれる）。

道長が「望月の歌」を詠んだ時も、宴席を仕切っていたのは実資だった。道長の歌を聞いて、実資は驚き呆れ、憎悪さえ感じたのではないかと思われる。しかし『小右記』によると、実資は平静を装って、次のように言った。

「返歌を詠むべきところでございますが、あまりにも見事な歌でございますので、言葉が出てまいりませぬ。ここにおられる皆さまの全員で、この歌を唱和しようではありませぬか」

この実資の明らかにお世辞とわかる提案に、その場にいた公卿たちのすべてが賛同して、全員でこの歌を何度も唱和したとされる。

皆が道長の歌に感動して全員でその歌をコーラスしたという、微笑《ほほえ》ましい話のようにも見えるのだが、このとんでもない能天気な歌に、その場にいた全員がこの歌を囃《はや》し立てて、道長のことを嗤《わら》っているようにも見える場面だ。

道長の死と紫式部の晩年

紫式部の没年はわかっていない。没年どころか、晩年のようすも不明だ。『源氏物語』

という作品をこの世に残して、突如として姿を消したようにも見える。当時の女性は皇女や公卿の正室でなければ、没年が記録されることはない。

一条天皇が亡くなった後も、紫式部は彰子に仕えていた。彰子は紫式部にとっても懐かしい土御門殿を住居とした。晩年に仏門に入ったおり、伯母にあたる東三条院詮子と同様、女院に立てられ、上東門院と称された。邸宅が面している土御門大路が平安宮の上東門に通じていたからだ。

養母として育てていた敦康親王の立太子が実現しなかったことで、彰子は父の道長と不和になった。そのあたりは詮子と父の兼家の対立に似ている。

実子の後一条天皇が即位して、彰子は国母となった。九歳の幼帝なので道長が摂政となった。この宣旨は天皇に代わって、国母の彰子が道長に伝えた。それ以後も、彰子は父の摂政に、政務に関する上奏を求めた。親政の実現を切望していた一条天皇の跡を継いで、彰子は国政について意見を表明した。

彰子は漢文が読めた。紫式部が伝授したのだ。一時の不和という状態は解消していたが、彰子は父の言いなりにはならない、強い意志と見識をもった娘だった。その点は母の倫子から受け継いだのかもしれない。あるいは一条天皇の母、彰子にとっては姑であり伯母にもあたる詮子から学んだのかもしれない。史上初めて「女院」となり、東三条院と称されたのが詮子だった。

前述のとおり、女院とは、天皇の父の上皇を「院」と呼ぶのに対して、同等の特権を天皇の母に与えたものだ。のちの時代に「院政」と呼ばれる上皇による親政を実現し、独裁体制を築いた白河院《しらかわいん》が、自らの先駆者として、上東門院彰子の名を挙げたと伝えられる。

姉の詮子によって入り婿となり、正室倫子の厳しい監視の目を受けていた道長は、晩年には見識をもった自分の娘のご機嫌をとらなければならなかった。

しかしいくら漢文が読めたと言っても、国政に口を挟むためには、よほどの見識を有している必要がある。もしかしたら、女院として父の道長とも対立した彰子のかたわらには、参謀のようなかたちで、紫式部が控えていたのではないだろうか。紫式部は道長よりも長生きして、娘の賢子が三位に叙せられるところまでを見届けたのかもしれない。

一年ほど摂政をつとめてから、道長は長男の頼通《よりみち》にその職務を譲って引退する。兄の道《みち》隆《たか》の命を奪った糖尿病が、道長を蝕《むしば》み始めていた。道長はついに「関白」の座に就くことはなかった。

新たに摂政となった頼通は、彰子にとっては四歳年下の弟だ。詮子と道長の年の差とまったく同じだ。この時代においては、最高権威は彰子にあったのかもしれない。のちに頼通が関白の座を子息に譲ろうとした時、彰子がそれを許さず、頼通の弟の教通《のりみち》に譲ることになった。それくらいに、姉の権威の方が強かったのだ。これはまさに、女院による院政と言っていいのではないだろうか。

道長の最晩年のようすを見てみよう。

摂政を辞した時、道長は五二歳だった。病と闘いながら、その後一〇年、道長は生き続けた。その最晩年には深い悲しみが押し寄せてきた。

六〇歳の時、皇太子妃となっていた四女の嬉子が、皇子を産んだものの、出産の前に疫病にかかって、出産の直後に死去した。生まれたのはのちの後冷泉天皇だ。

この時、紫式部の娘の賢子が乳母をつとめた。賢子は一八歳のころから彰子に仕えていた。紫式部の没年は不明だが、おそらくは母子で彰子に仕えたのだろう。

最晩年の道長は、土御門殿の向かいに建立した法成寺（無量寿院／京極御堂）の九体の阿弥陀仏を眺めるばかりの日々を送っていた。もはや浄土に赴くことしか念頭になかったのだろう。四女の死は衝撃であったはずだ。

死の直前には、不和であった次女妍子の死を知らされる。正室倫子の産んだ四人の娘を四人の天皇に入内させた道長であったが、生きている間に二人の娘の死に遭遇することになった。

妍子は皇女しか産めなかった。後一条天皇のもとに入内した妹の三女威子も皇女二人を産んだだけだった。後一条天皇はほかに妃をもたないまま二九歳で崩御した。皇位は弟の後朱雀天皇に引き継がれた。後朱雀天皇のもとには道長の四女の嬉子が入内し、男児を産んでいた。のちの後冷泉天皇だ。

妍子が産んだ禎子内親王は皇太子妃として後朱雀天皇のもとに入内し、嬉子がすでに亡くなっていたので、後朱雀天皇の即位とともに中宮、さらには皇后に昇った。そしてのちに後三条天皇となる皇子を産んだのだが、嬉子が産んだ長男の後冷泉天皇が皇位を継承したため、後三条天皇は長く皇太子のままで過ごすことになる。

禎子内親王は母の妍子から、道長に対する恨みを聞かされていたのだろう。それほどに、夫の三条天皇が退位させられた経緯は、専横というべきものだった。その恨みは、禎子内親王を通じて後三条天皇にも伝えられた。やがて後冷泉天皇が男児を残すことなく崩御したため、後三条天皇が皇位に就いた。

その後三条天皇の後見となったのが、道長の側室の明子が産んだ三男（倫子が産んだ頼通を入れると四男）の能信《よしのぶ》だった。正室の二人の男児（頼通と教通はいずれも関白に昇った）と比べて出世が遅れた能信は、摂関家嫡流に対する抵抗勢力の旗頭となっていた。

道長の父兼家の弟に藤原公季《きんすえ》という人物がいる。摂関家嫡流の伊周が失脚したあと内大臣をつとめ、甥にあたる道長を支えた。最終的には太政大臣に昇った。摂関家の祖とも言える藤原冬嗣《ふゆつぐ》の別邸であった閑院殿《かんいんどの》に居住していたことから閑院大臣と呼ばれ、子孫は閑院流と呼ばれた。

その孫にあたる藤原公成《きんなり》の娘の茂子《しげこ》を養女とした能信は、茂子を皇太子であったのちの後三条天皇のもとに入内させた。茂子は養父の能信が中納言にすぎなかったので、後三条天皇が即位しても中宮にも女御にも立てられなかったが、死後に皇太后を追贈された。

その茂子が産んだのが、摂関家の権威を完膚なきまでに失墜させた白河天皇だが、その経緯はこの本の最後に語ることとする。

上東門院と称された彰子の享年は八七。父の道長、母の倫子だけでなく、自分が産んだ二人の天皇や、三人の同母妹の死をもすべて見届けることになった。

そのかたわらにあった紫式部が何歳まで生きたのかは、まったく不明だ。紫式部は道長よりも年下だから、道長の死には遭遇したかもしれない。しかしそれ以前から、道長の栄光が長くは続かないことを、紫式部は予見していたのではないだろうか。そのことが『源氏物語』の終盤に見られる暗さと、無常観になって顕れているように思える。

「宇治十帖」の無常観

『源氏物語』という作品は、少女のころの紫式部の空想から始まった。しかし土御門殿の女房たちという読者を得てからはより現実的なものになっていった。そこは源氏の左大臣の邸宅であるから、女房たちも摂関家（当時の総帥は藤原兼家）の横暴には批判や怨嗟《えんさ》を胸に抱いていたことだろう。そういう読者のニーズに応えるかたちで、作品はおのずと反体制的になり、源氏のヒーローが活躍することになった。

時代設定は、天皇親政の時代なので、摂政や関白が登場するわけではない。しかし主人公光源氏の政敵として、藤原一族と思われる右大臣と、弘徽殿《こきでん》の女御が登場する。若き日の光源氏は、政争に負けて、一時須磨に逃れて逼塞《ひっそく》することになるのだが、やがて京に戻り、弘徽殿の女御の子息の朱雀帝に代わって即位した冷泉帝の父として、准太上天皇という権力者となって、右大臣一族を凌駕することになる。

紫式部が宮中の女官となって以後は、一条天皇がメインターゲットの読者となる。親政を目指す若き天皇にとっても、光源氏の活躍は胸のすく思いであったろう。

しかし長大な長篇シリーズの終盤になると、様相は一変する。藤原一族と思われる頭《とうの》中将《ちゅうじょう》の娘をヒロインとして「玉鬘《たまかずら》十帖」が書かれ、さらに頭中将の子息の柏木《かしわぎ》が晩年の光源氏の正室女三《おんなさん》の宮《みや》と密通し、不義の子が生まれる。

父の愛人と密通して不義の子を産ませた光源氏が、最後には不義の子を育てることになるという結末は、「因果応報」という仏教の世界観に通じ、仏教の根本原理の一つである無常観につながっている。

物語はそのようにして、一つの終結を迎えるのだが、その先に「宇治十帖」と呼ばれる後日談が続いていく。柏木の落胤とされる薫《かおる》中将が、最後の「宇治十帖」の主人公となって活躍することになる。

光源氏は巻名だけが伝えられている「雲隠《くもがくれ》」の巻で姿を消し、以降は藤原一族の血を引く薫が主人公となって物語は展開する。薫と親友でありライバルでもある皇族（光源氏の孫）の匂宮《におうみや》も登場するが、脇役にすぎない。

そもそも薫という通称は、その体から不思議な薫香《くんこう》が立ちのぼることに由来する。そこには神秘性が感じられる（仏の三十二相などの芳香は貴人の特徴）。一方、匂宮は薫に対抗して、人工の香料で衣服を香らせているだけだ。

この『源氏物語』の最後の十帖が書かれた時期も不明というしかないが、あるいは一条天皇の没後のことなのかもしれない。そうなると主な読者は彰子と周囲の女房たちということになる。彰子は左大臣家の土御門殿で生まれたのだが、すでに道長が台閣に入っていたので、藤原一族の娘として育った。父の道長とは不和であったが、彰子が道長の娘であることは間違いない。

源氏の左大臣のもとに入り婿となった道長であったが、思いがけず摂関家の氏の長者となった。そして内覧として君臨することになる。彰子はまぎれもなく藤原一族の娘であり、弟たちは摂関家の後継者だ。

作者の紫式部自身も、傍流の藤原一族として、辛酸をなめた時期もあったが、氏の長者となった道長と親交を結び、女房として彰子に仕え、娘の賢子までもが彰子の女房となった。さらに賢子は彰子の孫である皇子(のちの後冷泉天皇)の乳母となった。

薫中将は光源氏の落胤である冷泉帝と、生霊となった六条御息所《ろくじょうのみやすどころ》の娘の秋好《あきこのむ》中宮に可愛がられる。その意味では皇族の一員でもあるのだが、父親が藤原一族の柏木であることは確かだ。この「宇治十帖」においては、作者のモチベーションと読者のニーズが、皇族を離れ、出生の秘密を負った若者に傾いていったのだろう。

神秘的な芳香を放つ薫中将だが、この人物は光源氏のようなスーパースターではない。登場した最初から、出生の秘密に悩み、厭世観《えんせいかん》を抱いている。そして、宇治の大君《おおいきみ》や中君《なかのきみ》、浮舟《うきふね》といった女たちを追い求めるのだが、もはや光源氏のような輝かしい恋愛物語は展開されず、人の世の無常を感じさせる絶望的な結末を迎える。

厭世観の漂う「宇治十帖」のストーリー展開には、哲学的な深みがあり、紫式部の物語作者としての成熟を感じさせる。同時に、光源氏の寂しい晩年から、悲恋の結末となる「宇治十帖」までの物語には、一条天皇の死と、次第に独裁者としての風貌をあらわにしていく道長への絶望感、さらには次々に娘が死んでいく道長の哀しい晩年までの、時の推移といったものが、作者にも影響をもたらしたのではと考えられる。

あるいは、「宇治十帖」を除く『源氏物語』はもっと早い時期に完成されていたのかもしれない。だとすれば、光源氏の寂しい晩年を描いた数巻は、道長の晩年を予言した物語と見ることもできるだろう。

菅原道真《すがわらのみちざね》の子孫の菅原孝標《たかすえ》の女《むすめ》（名前は不詳）が書いた『更級日記《さらしなにっき》』には、『源氏物語』を読み耽《ふけ》る少女の姿が描かれている。菅原孝標は上総介《かずさのすけ》（上総〈現在の千葉県中央部〉は親王を国司とした親王任国《しんのうにんごく》で「介」が長官）などをつとめた受領クラスの下級文官にすぎない。その娘が『源氏物語』の全巻を読んでいる。それほどに『源氏物語』は数多くの筆写によるコピーを生み、普及していたのだ。

『更級日記』の作者が『源氏物語』を入手したのは、藤原道長の晩年にあたっている。そのころにはすでに、「宇治十帖」を除く『源氏物語』の大部分が完成し写本が全国に出回っていたことになる。

そこには貴族の娘たちを愉しませる恋愛物語があり、相聞の和歌が挿入されている。娘たちの想像力を刺激するだけでなく、恋の指南書として、和歌のお手本として、実用的な効用もあったことだろう。親政の時代を描いた反体制文学としての魅力も、受領クラスの人々には好意をもって迎えられたはずだ。

藤原道長が「望月の歌」を詠んでいたその時期に、『源氏物語』はまたたく間に、下級貴族の娘までが読むようになっていた。

道長の専横に対する批判や怨嗟が下級貴族の間に広がっていたことが、源氏の英雄が活躍するこの物語の普及の大きな要因だったのではないだろうか。

摂関政治の終焉と『源氏物語絵巻』

最後に、摂関政治のその後について述べておこう。

摂政関白という制度は、本来の権力者である天皇に対して、母方の祖父が優位に立つという、血縁による支配によって成立するものだ。そのためには、天皇のもとに入内した娘が男児を産むことが必須であった。

藤原道長は正室倫子が産んだ四人の娘を、別々の天皇に入内させた。長女の彰子は二人の男児を産んだ。後一条天皇と後朱雀天皇だ。次女の妍子は三条天皇に入内したが女児しか産めなかった。後一条天皇に入内した三女の威子も二人の女児を産んだだけだ。四女の嬉子は後朱雀天皇に入内し、男児を産んだ。のちの後冷泉天皇だ。嬉子はこの出産の直後に亡くなった。その後、道長の子息の頼通と教通が娘を入内させたのだが、跡継ぎの男児は生まれなかった。

跡継ぎの男児のない後冷泉天皇の皇嗣とされていたのは、唯一人の弟皇子の後三条天皇だった。

後冷泉天皇が皇子を残さないままに亡くなったので、皇嗣の後三条天皇が即位した。その時点で、摂関政治は終わりを告げたと言っていい。後三条天皇の母は皇女の禎子内親王だ。次に皇太子となったのちの白河天皇の母は抵抗勢力の能信の養女（生母は傍流の閑院流）で、摂関家は天皇を血で支配することができなくなった。

後三条天皇は即位するとただちに親政を始めた。

外戚の支配を受けない後三条天皇は自らによる親政で荘園整理を開始した。残念ながら、後三条天皇の親政の期間はわずか四年半にすぎなかった。子息に譲位して親政を続行しようとした後三条上皇だったが、まもなく崩御することになった。上皇の死によって、荘園整理の志はその端緒のままで挫折するかに見えた。

しかし子息の白河天皇は、父の志と方法論を理解していた。子息の堀河《ほりかわ》天皇に譲位して上皇となり、荘園整理を続行した。白河上皇は水軍を有する伊勢平氏の平忠盛《ただもり》（後継者は清盛《きよもり》）など、武士と呼ばれるようになった地方の小豪族を重用した。武士は兵を有しているので、受領として派遣されると、武力で荘園整理を進めた。そのため摂関家の利権は一挙に縮小されることになった。

上皇による親政を、「院政」と呼ぶ。摂関家を凌駕する権威と財力を得た白河院（出家して白河法皇と呼ばれた）は、『平家物語』に「白河院の天下三不如意《てんかさんふにょい》」の逸話として語り伝えられるほどの独裁者となった。白河院でも意のままにならぬものが三つあるというのだ。その三つとは「賀茂河の水、双六《すごろく》の賽《さい》、山法師」で、洪水と双六（現在「バックギャモン」と呼ばれているゲーム）で用いられるサイコロの目、そして比叡山《ひえいざん》の僧兵は意のままにならないが、逆に言えばそれ以外のものはすべて支配できているということだ。

白河院は宮中の女房のほぼすべてに手をつけるという、まるで光源氏のようなスーパープレイボーイぶりを見せていた。

その白河院の側近に、藤原公実《きんざね》という人物がいた。白河院の母の茂子は、藤原能信の養女として入内したのだが、出身は閑院流と呼ばれる藤原公季の子孫で、公実は茂子の甥にあたる。また公実の妹の苡子《くさこ》が、白河院の皇子の堀河天皇のもとに入内し、のちの鳥羽《とば》天皇を産んでいた。さらに妻の光子《みつこ》が堀河天皇の乳母となっていた。

公実は白河院とは同年齢の従兄弟であり、若いころから側近として仕えていた。鳥羽天皇の時代に生存していれば外戚（母方の伯父）となるところだが、残念ながらその前に没している。

閑院流は美男美女の家系だった。とくに公実の末娘の璋子《たまこ》は、赤子のころから美貌が際立っており、かぐや姫もかくやと思われるほどだった。公実がその赤子を白河院に見せると、一目で惚れ込んだ白河院は璋子を養女とした。白河院は赤子の璋子を裸にして寝間着の中に抱いて寝たと伝えられる。

子どものころはそれでよかったが、美貌の少女は成長して、いつしか白河院の愛人になっていた。宮中のすべての女房に手をつけるという乱行は収まり、白河院は璋子だけを寵愛した。白河院はこの璋子を、孫の鳥羽天皇の女御（翌年には中宮）とした。鳥羽天皇一五歳、璋子は一七歳だった。白河院によって愛欲を教えられた璋子は、まだ少年の鳥羽天皇を相手にしなかった。夜、璋子の寝所には白河院が忍んでいった。やがて璋子は皇子を産んだ。のちの崇徳《すとく》天皇だ。

鳥羽天皇を育てたのは堀河天皇の乳母でもあった光子と、その娘で実際の乳母をつとめた実子《さねこ》だった。この二人は璋子の母と姉にあたる。鳥羽天皇としては、自分の妻が祖父の愛人であり、祖父の子を懐妊するという異様な状況となったのだが、この乳母たちに囲い込まれていたので、抗議をすることもできなかった。

鳥羽天皇はこの皇子を、「叔父子《おじご》」と呼んだと伝えられる。正室が産んだ赤子であるから「子」には違いないが、実際は祖父の落胤なので、父の弟、すなわち「叔父」にあたる。だから「叔父子」なのだ。

やがて鳥羽天皇は譲位を迫られ、崇徳天皇が幼帝として即位した。政権は白河院が独裁している。その白河院が亡くなると、鳥羽上皇が院政を始めた。当然のことだが、崇徳天皇の存在は無視された。

のちに璋子が産んだ第四皇子が即位して後白河天皇となる。兄の崇徳院は一度も実際に政権の座に就くことはなかった。やがて鳥羽院が亡くなった直後に、璋子が産んだ兄と弟が旗頭となって「保元《ほうげん》の乱」（保元元年／一一五六年）が勃発し、世は武士の時代となっていく。

女院となり待賢門院《たいけんもんいん》と称された璋子は、『源氏物語』を愛読していた。養女として育てられた璋子にとって、白河院は父であった。その父が突然、自分を愛人とした。まさに白河院は光源氏であり、璋子は紫の上だった。璋子はわがことのように『源氏物語』を読んだことだろう。

『源氏物語』は璋子のために書かれた物語だと言ってもよかった。

待賢門院璋子は、久安《きゆうあん》元年（一一四五年）、自分が産んだ皇子たちが戦を起こすところを見ずに没した。その晩年の璋子に仕えていたのが、歌人として名高い西行だった。『小倉百人一首』にも採られている西行の名歌「嘆けとて　月やは物を　思はする　かこち顔な

る　わが涙かな」は、仕えていた待賢門院を月にたとえて詠んだ和歌だと言われている。
白河院の財産を相続した待賢門院璋子は、贅《ぜい》の限りを尽くして絵師に『源氏物語絵巻』を描かせた。豪華な絵巻が次々に作られるようになったのはこれが端緒だと言われている。

あとがき

『源氏物語』は日本文学史に燦然《さんぜん》と輝く名作で、世界に誇ることのできる物語であることは誰もが認めるところだろう。文学史には数多くの名作とされる作品があるが、『源氏物語』の壮大さは群を抜いていて、まさに空前絶後の奇蹟のような作品だ。なぜこのような作品が、平安時代の中ごろに突如として出現し、それ以後には書かれなくなったのか。そのことについて考えてみたいと以前から思っていた。

わたしは歴史小説を書いているので、平安時代については、『菅原道真——見果てぬ夢』（河出書房新社）、『西行——月に恋する』（同）、『なりひらの恋——在原業平ものがたり』（PHP研究所）、『清盛』（集英社）、『夢将軍　頼朝』（同）などの作品を発表してきた。

小説を書くという行為は、資料を読み込んだ上で、登場人物とともにその時代を生きるということだ。わたしは平安時代のさまざまな局面をわがことのように体験することによって、この時代を解く鍵は、摂政・関白・内覧という制度にあるのだと痛感した。

この制度は単なる役職ではなく、天皇の外戚（母方の祖父または伯父など）という、血縁によって成り立っている。血縁である限りは、どれほどの権力者でも、天皇のもとに入内させた娘が男児を産まなければ、外戚として君臨することはできない。そのために藤原道《みち》長《なが》は正室が産んだ四人の娘を四人の天皇のもとに送り込んだ。紫式部はその長女の彰子《あきらこ》に仕えていた。

『源氏物語』という作品は、摂関政治の全盛時代に書かれたにもかかわらず、天皇親政の時代を背景として、皇族の英雄が活躍するという、摂関政治を否定するような設定となっている。いわばその時代における「反体制文学」として、多くの読者の支持を得た作品なのだ。

わたしはこの本を書き始めるにあたって、摂関制度のメカニズムを解明し、作者のモチベーションと同時代の読者のニーズをも検討しながら、『源氏物語』の創造の秘密に迫っていきたいという願いをもっていた。歴史学者ではないので、史実の検証に関しては先人の業績に負うところが大きい。とくに角田文衞《つのだぶんえい》、倉本一宏の両氏に感謝したい。

書きながら改めて、紫式部という作者の数奇な運命と、藤原道長という権力者の独特のキャラクターに、思いを馳《は》せることになった。

紫式部と道長という男女の、不思議なロマンスを愉しんでいただければ幸いである。

二〇一八年七月

三田誠広

主な参考文献

山中裕『藤原道長』(人物叢書) 吉川弘文館、二〇〇八年
倉本一宏『藤原道長の権力と欲望――「御堂関白記」を読む』文春新書、二〇一三年
倉本一宏『藤原道長「御堂関白記」を読む』講談社選書メチエ、二〇一三年
倉本一宏『一条天皇』(人物叢書) 吉川弘文館、二〇〇三年
倉本一宏『藤原行成「権記」 全現代語訳』(上・中・下) 講談社学術文庫、二〇一一～一二年
倉本一宏編『現代語訳 小右記』(1～6) 吉川弘文館、二〇一五～一八年
大野晋・丸谷才一『光る源氏の物語』(上・下) 中公文庫、一九九四年
清水婦久子『源氏物語の真相』角川選書、二〇一〇年
角田文衞『二条の后 藤原高子――業平との恋』幻戯書房、二〇〇三年
堀内秀晃・秋山虔校注『竹取物語 伊勢物語』(新 日本古典文学大系 17) 岩波書店、一九九七年
長谷川政春ほか校注『土佐日記 蜻蛉日記 紫式部日記 更級日記』(新 日本古典文学大系 24) 岩波書店、一九八九年
宮崎荘平『紫式部日記 全訳注』(上・下) 講談社学術文庫、二〇〇二年
南波浩校注『紫式部集 付 大弐三位集・藤原惟規集』岩波文庫、一九七三年

なお、『源氏物語』等については、複数の文献を参考にしている。

図版作成／ＭＯＴＨＥＲ

三田誠広（みた　まさひろ）

作家。一九四八年生まれ。早稲田大学文学部卒業。一九七七年『僕って何』で芥川賞受賞。早稲田大学文学部客員教授を経て、武蔵野大学文学部教授。日本文藝家協会副理事長。著書に『マルクスの逆襲』『実存と構造』『釈迦とイエス　真理は一つ』（集英社新書）など多数。

源《げん》氏《じ》物語《ものがたり》を反《はん》体《たい》制《せい》文《ぶん》学《がく》として読《よ》んでみる

集英社新書〇九五〇F

二〇一八年九月一九日　第一刷発行

著者……三田誠広《みたまさひろ》

発行者……茨木政彦

発行所……株式会社集英社

東京都千代田区一ツ橋二-五-一〇　郵便番号一〇一-八〇五〇

電話　〇三-三二三〇-六三九一（編集部）

〇三-三二三〇-六〇八〇（読者係）

〇三-三二三〇-六三九三（販売部）書店専用

装幀……原　研哉

印刷所……大日本印刷株式会社　凸版印刷株式会社

製本所……ナショナル製本協同組合

定価はカバーに表示してあります。

ISBN 978-4-08-721050-7 C0295

Printed in Japan

集英社新書　好評既刊

文芸・芸術――F

天才アラーキー 写真ノ時間　荒木経惟
プルーストを読む　鈴木道彦
フランス映画史の誘惑　中条省平
ピカソ　瀬木慎一
超ブルーノート入門 完結編　中山康樹
ジョイスを読む　結城英雄
余白の美 酒井田柿右衛門　十四代酒井田柿右衛門
父の文章教室　花村萬月
日本の古代語を探る　西郷信綱
古本買い 十八番勝負　嵐山光三郎
必笑小咄《こばなし》のテクニック　米原万里
小説家が読むドストエフスキー　加賀乙彦
喜劇の手法 笑いのしくみを探る　喜志哲雄
永井荷風という生き方　松本 哉
クワタを聴け！　中山康樹
米原万里の「愛の法則」　米原万里

官能小説の奥義　永田守弘
日本人のことば　粟津則雄
宮澤賢治 あるサラリーマンの生と死　佐藤竜一
寂聴と磨く「源氏力」全五十四帖 一気読み！　「百万人の源氏物語」委員会編
現代アート、超入門！　藤田令伊
江戸のセンス　荒井 修　いとうせいこう
俺のロック・ステディ　花村萬月
マイルス・デイヴィス 青の時代　中山康樹
現代アートを買おう！　宮津大輔
小説家という職業　森 博嗣
美術館をめぐる対話　西沢立衛
音楽で人は輝く　樋口裕一
オーケストラ大国アメリカ　山田真一
証言 日中映画人交流　劉 文兵
荒木飛呂彦の奇妙なホラー映画論　荒木飛呂彦
耳を澄ませば世界は広がる　川畠成道
あなたは誰？ 私はここにいる　姜 尚中

a pilot of wisdom

素晴らしき哉、フランク・キャプラ　井上篤夫
フェルメール　静けさの謎を解く　藤田令伊
司馬遼太郎の幻想ロマン　磯貝勝太郎
GANTZなSF映画論　奥　浩哉
池波正太郎「自前」の思想　佐高　信／田中優子
世界文学を継ぐ者たち　早川敦子
あの日からの建築　伊東豊雄
至高の日本ジャズ全史　相倉久人
ギュンター・グラス「渦中」の文学者　依岡隆児
キュレーション　知と感性を揺さぶる力　長谷川祐子
荒木飛呂彦の超偏愛！映画の掟　荒木飛呂彦
水玉の履歴書　草間彌生
ちばてつやが語る「ちばてつや」　ちばてつや
書物の達人　丸谷才一　菅野昭正・編
原節子、号泣す　末延芳晴
映画監督という生き様　北村龍平
日本映画史110年　四方田犬彦

読書狂《ビブリオマニア》の冒険は終わらない！　三上　延／倉田英之
文豪と京の「庭」「桜」　海野泰男
アート鑑賞、超入門！　7つの視点　藤田令伊
なぜ『三四郎』は悲恋に終わるのか　石原千秋
荒木飛呂彦の漫画術　荒木飛呂彦
盗作の言語学　表現のオリジナリティーを考える　今野真二
世阿弥の世界　増田正造
ヤマザキマリの偏愛ルネサンス美術館　ヤマザキマリ
テロと文学　9・11後のアメリカと世界　上岡伸雄
漱石のことば　姜　尚中
「建築」で日本を変える　伊東豊雄
子規と漱石　友情が育んだ写実の近代　小森陽一
安吾のことば「正直に生き抜く」ためのヒント　藤沢　周 編
いちまいの絵　生きているうちに見るべき名画　原田マハ
松本清張「隠蔽と暴露」の作家　高橋敏夫
私が愛した映画たち　吉永小百合　取材・構成 立花珠樹
タンゴと日本人　生明俊雄

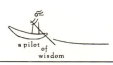

a pilot of wisdom

- 司馬遼太郎が描かなかった幕末　一坂太郎
- 絶景鉄道 地図の旅　今尾恵介
- 縄文人からの伝言　岡村道雄
- 14歳〈フォーティーン〉満州開拓村からの帰還　澤地久枝
- 日本とドイツ ふたつの「戦後」　熊谷　徹
- 江戸の経済事件簿 地獄の沙汰も金次第　赤坂治績
- 消えたイングランド王国　桜井俊彰
- 「火附盗賊改」の正体 ――幕府と盗賊の三百年戦争　丹野　顯
- 在日二世の記憶　小熊英二　髙賛侑　高秀美　編
- シリーズ〈本と日本史〉①『日本書紀』の呪縛　吉田一彦
- シリーズ〈本と日本史〉③中世の声と文字 親鸞の手紙と『平家物語』　大隅和雄
- シリーズ〈本と日本史〉④宣教師と『太平記』　神田千里
- 「天皇機関説」事件　山崎雅弘
- 列島縦断 「幻の名城」を訪ねて　山名美和子
- 大予言「歴史の尺度」が示す未来　吉見俊哉
- 十五歳の戦争 陸軍幼年学校「最後の生徒」　西村京太郎
- 物語 ウェールズ抗戦史 ケルトの民とアーサー王伝説　桜井俊彰

- シリーズ〈本と日本史〉②遣唐使と外交神話『吉備大臣入唐絵巻』を読む　小峯和明
- テンプル騎士団　佐藤賢一

哲学・思想――C

その未来はどうなの？	橋本 治
荒天の武学	内田 樹／光岡 英稔
武術と医術 人を活かすメソッド	甲野 善紀／小池 弘人
不安が力になる	ジョン・キム
冷泉家 八〇〇年の「守る力」	冷泉貴実子
世界と闘う「読書術」 思想を鍛える一〇〇〇冊	佐高 信／佐藤 優
心の力	姜 尚中
一神教と国家 イスラーム、キリスト教、ユダヤ教	内田 樹／中田 考
伝える極意	長井 鞠子
それでも僕は前を向く	大橋 巨泉
体を使って心をおさめる 修験道入門	田中 利典
百歳の力	篠田 桃紅
釈迦とイエス 真理は一つ	三田 誠広
ブッダをたずねて 仏教二五〇〇年の歴史	立川 武蔵
「おっぱい」は好きなだけ吸うがいい	加島 祥造
イスラーム 生と死と聖戦	中田 考
アウトサイダーの幸福論	ロバート・ハリス
進みながら強くなる ――欲望道徳論	鹿島 茂
科学の危機	金森 修
出家的人生のすすめ	佐々木 閑
科学者は戦争で何をしたか	益川 敏英
悪の力	姜 尚中
生存教室 ディストピアを生き抜くために	内田 樹／光岡 英稔
ルバイヤートの謎 ペルシア詩が誘う考古の世界	金子 民雄
感情で釣られる人々 なぜ理性は負け続けるのか	堀内進之介
永六輔の伝言 僕が愛した「芸と反骨」	矢崎泰久・編
淡々と生きる 100歳プロゴルファーの人生哲学	内田 棟
若者よ、猛省しなさい	下重 暁子
イスラーム入門 文明の共存を考えるための99の扉	中田 考
ダメなときほど「言葉」を磨こう	萩本 欽一
ゾーンの入り方	室伏 広治
人工知能時代を〈善く生きる〉技術	堀内進之介
究極の選択	桜井 章一

権力と新聞の大問題
望月衣塑子／マーティン・ファクラー　0937-A

危機的状況にある日本の「権力とメディアの関係」を〝異端〟の新聞記者と米紙前東京支局長が語り尽くす。

戦後と災後の間 ──溶融するメディアと社会
吉見俊哉　0938-B

三・一一後の日本を二〇一〇年代、九〇年代、七〇年代の三重の焦点距離を通して考察、未来の展望を示す。

「改憲」の論点
木村草太／青井未帆／柳澤協二／中野晃一／西谷 修／山口二郎／杉田 敦／石川健治　0939-A

「立憲デモクラシーの会」主要メンバーが「憲法破壊」に異議申し立てするため、必要な八つの論点を解説。

テンプル騎士団
佐藤賢一　0940-D

巡礼者を警護するための軍隊が超国家組織に……。西洋歴史小説の第一人者がその興亡を鮮やかに描き出す。

保守と大東亜戦争
中島岳志　0941-A

戦争賛美が保守なのか？　鬼籍に入った戦中派・保守の声をひもとき現代日本が闘うべきものを炙り出す。

「定年後」はお寺が居場所
星野 哲　0942-B

お寺は、社会的に孤立した人に寄り添う「居場所」である。地域コミュニティの核としての機能を論じる。

タンゴと日本人
生明俊雄　0943-F

ピアソラの登場で世界的にブームが再燃したタンゴ、出生の秘密と日本との縁、魅惑的な「後ろ姿」に迫る。

富山は日本のスウェーデン 変革する保守王国の謎を解く
井出英策　0944-A

保守王国で起きる、日本ならではの「福祉社会のうねり」。財政社会学者が問う右派と左派、橋渡しの方法論。

スノーデン 監視大国 日本を語る
エドワード・スノーデン／国谷裕子／ジョセフ・ケナタッチ／スティーブン・シャピロ／井桁大介／出口かおり／自由人権協会 監修　0945-A

アメリカから日本に譲渡された大量監視システム。新たに暴露された日本関連の秘密文書が示すものは？

ルポ 漂流する民主主義
真鍋弘樹　0946-B

オバマ、トランプ政権の誕生を目撃し、「知の巨人」に取材を重ねた元朝日新聞NY支局長による渾身のルポ。